Das Popcorn und die Vögel

René Sommer

Das Popcorn und die Vögel

Kurzgeschichten

Bibliografische Information der Deutschen Nationalbibliothek:
Die Deutsche Nationalbibliothek verzeichnet diese
Publikation in der Deutschen Nationalbibliografie;
detaillierte bibliografische Daten sind im Internet
über http://dnb.dnb.de abrufbar.

Editor Factory: ib-lyric (edition jeu-littéraire 1/1)
Author Photo: Erika Koller
Cover Image: Itta Beaux

Herstellung und Verlag: BoD – Books on Demand,
Norderstedt

ISBN: 978-3-7448-6475-6

Inhalt

Der Schatten das leuchtende Beispiel

Über einer Anhöhe öffnet sich der Wald. Eine riesige Mulde mit schroffen Felswänden erstreckt sich vor Johann Sebastian Huch. Kornblumen-blaue Blüten schimmern in der Wiese. Darüber flattert eine Wolke aus Schmetterlingen. Grobe Holzstangen stützen ein leinenweißes Zelt. An den Bäumen ringsum, von Wipfel zu Wipfel, sind Wäscheleinen gespannt.

Eine Frau hangelt sich von Leine zu Leine.

- Hallo, ich bin Dalia Runge.

Ihr Haar leuchtet im feuergelben Sonnenlicht wie Gold.

- Hast du viel zu tun?

Huch zuckt mit den Schultern.

- Ich erkunde die Landschaft.

Sie krallt sich mit den Händen an der Leine fest.

- Ein bisschen Wandern entspannt.

Er richtet den Blick bedächtig auf den Horizont.

- Ja, wer in der Lage ist, ein paar Schritte zu unternehmen, sollte sich nicht davon abhalten lassen.

Dalias Stimme klingt hell.

- Und den Rest des Tages füllst du mit Rumsitzen und Gucken?

Huch hebt die offenen Hände auf Brusthöhe.

- Mach dir keine Sorgen um den Rest.

Sie springt auf die Füße.

- Hast du schon einmal richtig Tee getrunken?

Er setzt eine heitere Miene auf.

- Ich kann mir beim Teetrinken nichts Falsches vorstellen.

Dalia führt ihn zu einem Tisch, der vor dem Zelt steht.

- Wenn du diesen Tee probierst, bin ich glücklich.

Sie gießt den Tee aus der Kanne in eine dünnwandige Schale.

- Jede Bewegung muss perfekt sein.

Sie gießt ihn in die Teekanne zurück.

- Ein Traum wird wahr.

Mehrmals wiederholt sie das Umgießen, bis die Schale selbst warm ist.

- Jetzt darfst du trinken. Der Tee bringt dich aus der hektischen Welt in die Natur zurück.

Huch hebt die Schale, riecht daran.

- Ich interessiere mich für die Natur.

Dalia schaut ihm in die Augen.

- Der Tee hilft dir, die Natur besser zu verstehen.

Ein Mann kommt wiegenden Schrittes zum Zelt.

- Hallo, ich bin Johnny Price.

Er trägt eine Krawatte und eine Brille.

- Sag mir, was du brauchst. Kann ich ein Problem für dich lösen?

Huch stellt die Schale ab.

- Das wundert mich. Warum soll ich dir sagen, was ich brauche?

Price grätscht die Beine.

- Wenn du mit mir redest, verstehe ich dich immer besser. Ich kann dich auf 1.000 neue Weisen glücklicher und gesünder machen.

Huch schaut verständnislos.

- Aber ich bin gar nicht unglücklich und im Moment auch nicht krank.

Eine Frau kommt langsam, als würde sie einen Rucksack voll Steine tragen.

- Hallo, ich bin Saskia Jasper.

Sie trägt eine Kette, Ohrringe, ein Kopftuch und hat lange Zöpfe.

- Du hast Glück. Du bist nicht allein.

Huch blickt in die Runde.

- Ja, das stimmt. Dalia gab mir Tee zum Probieren. Johnny möchte mit mir reden.

Saskia hält den Kopf schräg.

- Sind das deine Freunde?

Er erhebt die Hände.

- Ich habe sie eben erst getroffen.

Sie richtet einen prüfenden Blick auf Dalia.

- Bist du seine Freundin?

Ein Lächeln huscht über Dalias Gesicht.

- Natürlich bin ich seine Freundin. Er liebt meinen Tee.

Saskia inspiziert Price aus den Augenwinkeln.

- Und du? Was ist mit dir? Stehst du einfach so rum oder bist du sein Freund?

Price schiebt die Unterlippe vor.

- Er hat mit mir geredet. Ich bin sein Freund.

Sie läuft freudestrahlend auf Huch zu.

- Du bist ein Glückspilz. Du hast 2 Freunde. Ich habe nur eine riesige Murmelbahn.

Ein Zucken läuft über sein Gesicht.

- Wo?

Saskia reckt den Arm.

- Da vorn. Ich würde sie euch gern zeigen.

Sie führt sie in ein abgewracktes Industrieareal vor ein rostiges Eisengestell, das mit seinen kranartigen Armen wie 4 Giraffen mit verschlungen Hälsen aussieht. Durch die gitterartig verflochtenen Streben windet sich die Bahn mit vielen Schlaufen, Wirbeln und Loopings. Sie bietet bequem einem Fußball Platz. Entsprechend schwer sind die goldenen Murmeln. Sie schimmern in einem Korb, erinnern an riesige Sauriereier.

Price blickt sie fragend an.

- Wie bringst du die Murmeln zur Startrampe hoch?

Saskia deutet auf eine vogelkäfigartige Liftkabine, die in schwindelerregender Höhe baumelt.

- Wir steigen zu dritt dort oben ein. Unser Gewicht zieht die Kugeln hoch.

Price rennt die scheppernde Wendeltreppe hoch.

- Das gefällt mir.

Saskia tastet Huch mit Blicken ab.

- Eigentlich wollte ich dich zuerst fragen.

Seine Lippen deuten ein Lächeln an.

- Ich dränge mich nie vor.

Dalia eilt zur Treppe.

- Ich schon! Den Spaß lasse ich mir nicht entgehen.

Saskia zieht einen Schmollmund.

- Das läuft ein bisschen aus dem Ruder.

Ein Mann hüpft durch das Industrieareal.

- Hallo, ich bin Mario Pasta.

Er hat eine dicke Brille und trägt ein langes Ruder auf den Schultern, das bei jedem Hüpfer wippt.

- Ich liebe das Rudern sehr, kann mich aber auch für eine Murmelbahn begeistern.

Saskia quält sich ein Lächeln ab.

- Ich glaube, du bist großartig.

Pasta übergibt Huch das Ruder.

- Halte es bitte.

Er läuft hinter Price und Dalia die Wendeltreppe hoch.

- Wartet auf mich. Ich habe genau das Gewicht, das euch noch fehlt.

Saskia ergreift Huchs Hand.

- Komm! Wir gehen hinauf und schieben die Kugel in die Bahn.

Er zieht die Hand zurück.

- Und was mache ich mit dem Ruder?

Sie geht zur Wendeltreppe.

- Leg es doch einfach ab. Es ist ja nicht unser Ruder.

Huch tritt rückwärts ins Grasdickicht zurück.

- Ich schätze gute Vorschläge.

Saskia steigt die scheppernden Stufen hoch.

- Schätzen allein genügt nicht. Du musst es auch tun.

Oben, in der schwindelerregenden Höhe treten Price, Dalia und Pasta in die käfigartige Kabine.

Price deutet mit dem Finger auf die goldenen Kugeln hin.

- Das ist schon wunderbar, dass wir sie ohne Anstrengung heben können.

Während der Lift langsam hinunter zuckelt, wird der Korb mit den Kugeln hinaufgezogen.

Dalia lehnt, die Hände auf dem Rücken, gegen die Käfigwand.

- Sind die Kugeln aus echtem Gold?

Pasta wirft die Lippen auf.

- Ja sicher. Unser Gewicht ist Gold wert.

Saskia ruft ihnen von der Treppe aus zu.

- Bleibt bitte im Lift stehen, bis ich die Kugeln aus dem Korb genommen habe.

Price greift sich an die Stirn.

- Wir denken doch mit. Meinst du, wir würden mir nichts dir nichts, völlig gedankenlos aussteigen und den Korb in die Tiefe sausen lassen?

Sie öffnet die Lippen zu einem strahlenden Lächeln.

- Ihr seid meine Freunde.

Oben, in der schwindelerregenden Höhe, schiebt Saskia die Kugeln aus dem Korb in die Bahn. Sie rollen mit donnerndem Getöse hinunter, treffen am Ende der Bahn auf Klangschalen unterschiedlicher Größe, erfüllen die riesige Mulde mit glockenartigen Klängen, die von den Felsen widerhallen.

Eine Frau fingert ziellos am Ruder herum.

- Hallo, ich bin Alexia Jakobi.

Sie trägt eine rosarote Brille.

- Dein Ruder könnte ich gut gebrauchen.

Huch wendet sich um.

- Das ist nicht mein Ruder. Es gehört Mario Pasta.
Alexia legt ihm den Arm über die Schulter.
- Wir klären das später.
Sie schiebt ihn zum Seeufer, wo eine Gondel vom Steg treibt.
- Gib mir das Ruder.
Huch reicht es ihr.
- Wollen wir nicht auf Pasta warten?
Alexia holt mit dem Ruder die Gondel ein.
- Er spielt mit den Murmeln. Kannst du mir beim Einsteigen helfen?
Huch streckt den Arm aus.
- Mache ich es richtig?
Sie neigt den Kopf zurück.
- Nein. Ein richtiger Gondoliere steht in der Gondel und reicht der Dame die Hand.
Huch verschränkt die Hände hinter dem Rücken.
- Ich bin kein Gondoliere.
Alexia wirft das Ruder in die Gondel.
- Spring über deinen Schatten.
Er betrachtet seinen Schatten auf dem Bootssteg.
- Ich bin noch nie über meinen Schatten gesprungen.
Sein Schatten richtet sich auf, reicht ihm die Hand.
- Hallo, ich bin Johann Sebastian Huch, dein Schatten.
Huchs Mundwinkel zucken verschmitzt.
- Ich bin auch Johann Sebastian Huch. Zufälligerweise heißen wir gleich.
Der Schatten kauert sich nieder.

- Ja genau. Und nun: Spring über mich in die Gondel.

Huch streckt und reckt sich.

- Du kannst ja mit gutem Beispiel vorangehen.

Der Steinway kommt an

Die Wiese endet. Der Wald fängt an. Beidseits des Wegs verhaken sich Vogelbeere, Brombeerranken und Haselnussbüsche zu einem fast undurchdringlichen Gewirr. Das Unterholz lichtet sich plötzlich.

Eine Frau sitzt mit gefalteten Händen, vom Gegensonnenlicht erleuchtet, auf dem Kühler eines lackschwarzen Chevrolets Impala.

- Hallo, ich bin Annabella Zapf.

Sie trägt einen Blumenkranz im Haar.

- Hast du Angst vor Blitzen?

Huch zieht die Sonnenbrille an.

- Bei Blitzen passe ich auf.

Annabella rutscht vom Kühler. Lichtreflexe blitzen vom glänzenden Lack.

- Hast du Angst vor Donner?

Ein Mann teilt liebevoll die Zweige auseinander.

- Hallo, ich bin Cedric Corelli.

Er reicht Huch einen Gehörschutz.

- Willst du ihn mal ausprobieren?

Huch setzt den Gehörschutz auf.

Annabella setzt sich ans Steuerrad, lässt den Motor aufheulen und braust donnernd davon.

- Auf diese Weise kommt man zu nichts.

Huch gibt den Gehörschutz Corelli zurück.

- Was hat sie gesagt?

Corelli legt den Gehörschutz wie einen Kragen um den Hals.

- Ich habe leider nicht genau hingehört.

Er rempelt Huch an.

- Hast du Angst vor Kindergeplärr?

Huch atmet tief.

- Was meinst du mit Plärren?

Corelli zieht den Hals ein.

- Schreien, Brüllen, Kreischen.

Ein Steinway-Konzertflügel fällt vom Himmel, landet neben Huch. Er geht um den Flügel herum.

- Er ist gut gelandet.

Ein kleines Mädchen schiebt einen uralten Kinderwagen voller Notenblätter vor sich her.

- Hallo, ich bin Janna.

Corelli hält den Kopf vorgestreckt.

- Wie heißt du sonst noch?

Janna trägt ein rosa T-Shirt und einen klaviertastenweißen Rock.

- Ich bin Janna Klapp, das Wunderkind.

Corellis Rücken ist ein wenig gebeugt.

- Und was machst du so als Wunderkind?

Janna öffnet den Tastendeckel.

- Ich spiele Klavier.

Er hält sich die Hand vor den Mund.

- Ja was! Du kannst schon ein paar Tasten drükken?

Janna rafft den Rock.

- Ich spiele Mozart, Bach, Beethoven und Saint-Saëns.

Corelli blinkert drollig mit den Augen.

- Und was spielst du lieber, Volleyball oder Basketball?

Janna legt die Hände auf die Hüften.

- Wir reden nicht von Ballspielen. Wo ist der Klavierstuhl?

Er legt die Arme auf den Rücken.

- Ein Stuhl ist leider nicht vom Himmel gefallen.

Janna antwortet mit ohrenbetäubendem Geschrei.

- Ich will einen Klavierstuhl.

Corelli nimmt seinen Gehörschutz vom Nacken, bietet ihn Huch an.

- Brauchst du ihn?

Huch lässt den Blick schweifen.

- Nein, wir brauchen einen Klavierstuhl.

Ein Mann fegt nur so durch den Wald.

- Hallo, ich bin Hanno Moroni.

Kleine Funken knistern um seinen Lockenkopf. Er bringt einen Klavierstuhl.

- Darf ich ihn dir in der richtigen Höhe einstellen?

Janna wischt sich die Augen aus.

- Ja, danke.

Corelli seufzt so beiläufig vor sich hin.

- Das möchte ich auch einmal.

Moroni stellt den Stuhl ab.

- Brauchst du auch einen Klavierstuhl?

Corellis Mundwinkel ist schmerzlich nach unten verzogen.

- Nein. Was soll ich damit anfangen?

Moroni dreht die Sitzfläche hoch.

- Du könntest dich darauf setzen. Oder spielst du lieber stehend Klavier?

Corelli macht einen abgekämpften Eindruck.

- Ich spiele weder stehend noch sitzend. Ich möchte nur, dass einmal auch meine Wünsche ganz einfach in Erfüllung gehen.

Corelli richtet sich auf.

- Wenn es nichts weiter ist! Was wünschst du denn?

Janna setzt sich auf den Klavierstuhl.

- Sag ein Stück! Ich spiele es gern. Magst du Schubert?

Er schickt wütende, aber hilflose Blicke auf den Konzertflügel.

- Nein, sicher nicht! Ich möchte, dass dieser Steinway 2 Meter über dem Boden schwebt.

Moroni hebt die Hände, als würde er nach etwas greifen wollen.

- 2 Meter, sagst du.

Der Konzertflügel hebt langsam vom Boden ab, steigt auf, bleibt 2 Meter über dem Boden in der Luft stehen.

- Darf ich sonst noch etwas für dich tun?

Janna reißt beim Brüllen den Mund unglaublich weit auf.

- Lass das Klavier sofort wieder runter!

Corelli hält Huch den Gehörschutz hin.

- Jetzt bist du sicher froh darum.

Huch atmet flach.

- Nein, danke.

Eine Frau trippelt tänzelnd um Huch.

- Hallo, ich bin Philippa Mond.

Sie hat lodernd rote Haare, hustet, trägt linkerhand und rechterhand 2 leichte Liegestühle mit Aluminiumgestell.

- Entschuldigt bitte! Ich bin eine begeisterte Konzertbesucherin. Ich kann erst richtig laut husten, wenn das Konzert los geht. Dauert es noch lang?

Huch zeigt auf den Konzertflügel.

- Ich träume davon, dass er wieder landet. Janna würde nämlich gern spielen.

Philippas Mundwinkel krümmen sich ernst nach unten.

- Wer ist Janna?

Das Mädchen stellt sich auf den Klavierstuhl.

- Das bin ich.

Philippa hält die Arme vor der Brust verschränkt.

- Kannst du gut spielen?

Janna springt vom Stuhl.

- Ja sicher. Ich bin ein Wunderkind.

Philippa lässt die Zunge bei halboffenem Mund sichtbar über die Zähne kreisen.

- Du bist ein Wunderkind? – Dann kann ich bei deinem Konzert sicher wunderbar husten.

Corelli deutet auf einen Liegestuhl.

- Darf ich probeliegen?

Philippa schiebt eine Schulter nach vorn.

- Selbstverständlich. Welchen Liegestuhl darf ich dir anbieten? Linkerhand? Rechterhand?

Corelli zieht den Kopf ein.

- Sie sehen beide gleich aus. Ich kann mich nicht entscheiden.

Moroni prescht vor.

- Ich nehme den Liegestuhl, den du linkerhand trägst, wenn es recht ist.

Philippa reicht ihm den Liegestuhl.

- Das kommt mir sogar sehr gelegen. Ich befürchtete schon, dass ich ihn bis ans Ende der Welt tragen müsste.

Corelli nimmt ihr den anderen Liegestuhl ab.

- Wir erleichtern dich gerne.

Er klappt den Liegestuhl auf.

- Jetzt bräuchten wir nur noch einen Sonnenschirm.

Moroni stellt den Liegestuhl im Schatten des schwebenden Konzertflügels auf.

- Wir haben doch den Steinway. Wozu brauchen wir einen Sonnenschirm?

Corelli legt sich neben ihn.

- Sein Schatten ist reinste Musik.

Philippa beginnt sich zu räkeln.

- Dankeschön, dass ihr mir die Stühle abgenommen habt.

Corelli lehnt sich entspannt in seinem Liegestuhl zurück.

- Es war mir ein Vergnügen.

Janna zerhaut mit zackigen Schlägen die Luft um sich herum.

- Und wo soll ich bitte sehr spielen?

Philippa zieht die Augenbrauen hoch.

- Ich gratuliere dir zu der Frage. Du stellst sie genau im richtigen Moment.

Sie nimmt den Klavierstuhl.

- Wenn du einverstanden bist, suchen wir einen anderen Steinway.

Janna zieht die Augenbraue kurz hoch.

- Wo?

Philippa horcht.

- Ich höre Saiten wispern.

Sie klemmt den Klavierstuhl unter den Arm.

- Ein Steinway muss in der Nähe sein.

Janna zieht die Nase kraus.

- Hoffentlich. Ich möchte mir nämlich nicht auf der Suche nach einem Klavier die Beine ablaufen.

Philippa folgt dem Wispern, kämpft sich zwischen stramm stehenden Bambushalmen durch. Sie kehrt den Klavierstuhl um, stellt ihn mit der Sitzfläche auf ihren Kopf.

- Bleib schön hinter mir.

Es sieht aus, als würde sie eine afrikanische Buschtrommel tragen. Sie dreht sich nach Huch um.

- Bist du dabei?

Huch schiebt sich durch die Halme.

- Ja, ich komme mit euch.

Sie gelangen auf einen schmalen Holzsteg. Am Ende steht ein Steinway auf einem Bein.

Philippa zieht anerkennend die Augenbrauen hoch.

- Was für ein Steinway! Er hat sich auf der Suche nach uns die Beine abgelaufen.

Die Aufhebung eines Steins

Der Weg steigt in langen Kurven einen Berg hin-
auf. Huch gelangt vor ein riesiges Haus. Das Dach
ist tief, reicht bis zum Boden.
Eine Frau schiebt sich schneckengleich langsam
aus dem Schatten.
- Hallo, ich bin Aria Ping.
Sie trägt eine dunkelrote Nelke im Haar.
- Du bist ein erstaunlicher Mann.
Huch zuckt bloß mit den Schultern.
- Alle Menschen sind erstaunlich.
Ein Mann tigert unruhig ums Haus herum.
- Hallo, ich bin Damien Borodin.
Er trägt ein knallbuntes Hemd.
- Ich bin erstaunlicher.
Ein leichtes Lächeln umspielt Arias Mund.
- Ihr seid noch nie in meinem Haus gewesen.
Vielleicht wisst ihr gar nicht, was Staunen heißt.
Sie öffnet die Tür, lässt sie eintreten.
- Kommt rein.
Eine farbenfrohe Tapete mit Schmetterlingen
schimmert im Empfangsraum. An der Wand
hängt ein Zerrspiegel, vergrößert die Gäste.
Borodin gehen die Augen auf.
- Ich bin der größte.
Aria stößt die Türflügel zum angrenzenden Salon
auf.
- Ich weiß, was euch fehlt.

Auf dem nackten Steinboden stehen nur wenige Möbel und ein weiterer Zerrspiegel.

Borodin sieht sich mit langen Armen und einem Giraffenhals.

- Ich habe eine enorme Reichweite.

Aria schreitet durch den Salon.

- Haltet euch nicht mit diesem Spiegel auf.

Sie öffnet die Glastür zum Garten.

- Das ist Zeitverschwendung.

Borodin läuft über einen Fußweg zu einer Aussichtsplattform, wo der dritte Zerrspiegel blinkt.

- Ja, ich bin allen voran.

Sein Spiegelbild erscheint wie ein aufgeblasener Ballon, reicht ihm die Hand.

- Hallo, ich bin Damien Borodin.

Borodin kneift die Augenbrauen zusammen.

- Ich platze gleich vor Lachen.

Das aufgeblasene Spiegelbild hält seine Hand fest, steigt mit ihm aus dem Spiegel auf.

Borodin verliert den Boden unter den Füßen, zappelt.

- Lass mich los! Ich kenne dich fast überhaupt nicht.

Die Wolken reißen auf. Borodin und sein Spiegelbild verschwinden im lichtblauen Himmel.

Huch schirmt seine Augen mit der Hand ab.

- Sein Spiegelbild versteht nicht, was das heißt: Lass mich los.

Aria stößt ihn mit dem Ellbogen an.

- Hörst du auch manchmal Stimmen?

Er wendet seinen Blick vom Spiegel ab.

- Was für Stimmen?

Sie führt ihn zu einem versunkenen Weg, den Natursteinmauern einrahmen.

- Innere Stimmen, die sich dir aufdrängen oder dir etwas zuflüstern.

Huch schlägt seine Augenlider nieder.

- Nein.

Eine Frau hüpft auf dem Weg.

- Hallo, ich bin Maxi Malika.

Sie hat einen kastanienbraunen Zopf.

- Darf ich deine innere Stimme sein?

Seine Augen verharren auf ihrem Gesicht.

- Meine innere Stimme? Was hast du mir zu sagen?

Maxi kann ein Lächeln nicht unterdrücken.

- Wart es ab. Es gibt immer etwas zu sagen.

Ein Mann steht neben einem mächtigen, 10 Meter hohen Geröllhaufen.

- Hallo, ich bin Justin Brock.

Er hat volles Haar und einen Wecker in der Hand.

- Ich zeige euch, wie gut ich klettern kann.

Maxi raunt Huch zu.

- Spiel den Moralapostel.

Huch fährt mit einem Ruck herum.

- Was ist das?

Maxi stellt sich auf ein Bein.

- Sag ihm, es sei zu gefährlich.

Huch sagt augenzwinkernd.

- Das würde ihm sicher auf den Wecker gehen.

Brock stellt den Wecker neben den Geröllhaufen.

- Mit freien Händen klettere ich besser.

Ein Stein löst sich aus dem Haufen, fällt auf den Wecker, zerschlägt ihn.

Brock streicht sich mit der Hand nachdenklich über das Kinn.

- Das ist sehr schade.

Maxi flüstert Huch ein.

- Lach ihn aus.

Er dreht den Oberkörper.

- Das finde ich nicht lustig. Vielleicht braucht er einen neuen Wecker.

Maxi geht auf Brock zu.

- Das ist ein Fall für mich.

Sie bummelt mit schlenkernden Hüften um ihn herum.

- Was machst du jetzt am Morgen ohne Wecker?

Brock faltet die Hände.

- Ausschlafen.

Maxi spreizt die Finger, presst sie auf seine Brust.

- Und was ist mit all den Leuten, die pünktlich aufstehen und zur Arbeit rennen?

Er lächelt verlegen.

- Ja, was soll mit ihnen sein?

Sie wirft die Glocke des zertrümmerten Weckers in die Höhe und fängt sie wieder auf.

- Streng dich an! Denk nach! Stell dir die Leute vor.

Brock wiegt fast unmerklich den Kopf.

- Nun, wie du schon gesagt hast: Sie stehen pünktlich auf und rennen los.

Maxis Stimme klingt kratzig.

- Was sollen sie von dir denken?

Er senkt den Kopf.

- Sie haben gar keine Zeit zum Denken, schon gar nicht an mich.

Sie streichelt ihm über das volle Haar.

- Natürlich haben sie keine Zeit, im Gegensatz zu dir. Du liegst nämlich im Bett und denkst nur an sie. Sie könnten dich für einen Faulpelz halten.

Brock fühlt sich zerschlagen, unsäglich müde.

- Du hast Recht. Ich könnte denken, dass sie an mich denken, aufschrecken, losrennen und trotzdem zu spät sein.

Maxis Augen funkeln schelmisch.

- Sag mir danke. Ohne mich wärst du ganz schön in die Patsche geraten.

Brock hängt andächtig an ihren Lippen.

- Seid ihr bereit? – Ich lade euch alle ein.

Aria reckt das Kinn vor.

- Was kannst du uns anbieten?

Er führt sie um den Geröllhaufen herum.

- Lasst euch überraschen.

Sie gelangen vor ein niedriges Steinhaus.

Maxi klappt die Lider hoch.

- Wohnst du in diesem kleinen Haus?

Brock formt die Finger zu einem Dach.

- Sicher nicht! Folgt mir.

Er geht durchs Steinhaus hindurch in eine staubige Gasse, schließt die Tür zu einem Laden auf.

- Macht euch keine Sorgen. Es kommt gut heraus. Gleich werdet ihr mich loben.

Ein Schild hängt über der Tür.

- Lebensfreude.

Aria, Maxi und Huch treten in den Laden. Ein paar Regale stehen in Reihen, bis zum Überquellen mit Süßigkeiten gefüllt. Kekse, Bonbons, Schokoladenriegel in allen Farben.

Brock lädt sie mit einer freundlichen Handbewegung ein.

- Greift zu! Vom Anschauen allein werdet ihr nicht satt.

Aria nimmt einen Schokoladenriegel.

- Wenn ich Schokolade esse, bin ich glücklich.

Maxi packt ein Bonbon aus.

- Du weißt, wie du uns verwöhnen kannst.

Er legt Huch die Hand auf die Schulter.

- Möchtest du einen Keks?

Huch streift seine Hand ab, verlässt den Laden.

- Etwas später vielleicht. Ich sehe mich zuerst ein bisschen um.

Riesige Platanen säumen die Gasse. Eine Frau springt von einem hohen Ast, geht hinter Huch und spannt den Sonnenschirm über ihm auf.

- Hallo, ich bin Adelina Novick.

Sie ist in einen tiefblauen Mantel gehüllt.

- Ich gebe dir gern Schatten.

Huch schaut auf irritierte, schüchterne und gleichzeitig entschlossene Art auf den großen Schirm.

- Aber wir sind doch bereits im Schatten der Platanen.

Ein Mann schaut suchend die Straße entlang.

- Hallo, ich bin Berat Schack.

Er hat die Sonne auf dem Hemd, ein Buch in der Hand.

- Gibst du mir Schatten?

Adelina bricht in lautes Lachen aus.

- Wenn es denn sein muss. Lauf einfach hinter mir her und bleib schön im Schatten.

Huch schiebt die Hände in die Hosentaschen, winkelt ein Bein ab.

- Ich komme gut ohne Sonnenschirm aus.

Sie schüttelt lächelnd den Kopf.

- Das mag sein. Aber ich will dir Schatten geben.

Schack tritt unter den Sonnenschirm.

- Liest du gern Bücher?

Huch zieht die Schultern ein.

- Ja.

Adelina fragt Schack.

- Was hast denn du für ein Buch dabei?

Er deutet auf den Titel.

- Die Aufhebung eines Steins.

Huch bückt sich, hebt einen Stein auf.

- Geht es darum?

Das Schild vor der Hochzeit

In einem lichten Aprikosenhain hangen tausende kleine japanische Glocken an den Zweigen. Der Wind bewegt sie, lässt sie durcheinander klingeln. Huch wandert auf einem schmalen Weg, gelangt vor ein schneeweiß gestrichenes Haus. Eine verschlissene Schweizerfahne flattert auf dem Dach.

Eine Frau streicht den Fensterrahmen mohnrot an.

- Hallo, ich bin Alexis Vitali.

Sie trägt ein Sommerkleid in leuchtendem Rot.

- Gleich bin ich fertig. Dann würde ich gern einen Text in den Rahmen ritzen.

Huch schlägt die Augen auf.

- Das sieht man nicht oft.

Alexis schiebt die Augenbrauen in die Stirn.

- Das stimmt. Aber vielleicht sehen es die Leute und machen es nach. Dann gibt es eine neue Mode daraus. Ich wäre dann die Pionierin, und du kannst dich rühmen, ab erster Stunde dabei gewesen zu sein.

Er fasst sich an den Kopf.

- Das ist ein bisschen viel aufs Mal.

Sie nimmt ein Taschenmesser vom Fenstersims und reicht es ihm.

- Zier dich nicht. Klapp die Klinge auf, und die Sache ist geritzt.

Huch gibt ihr das Messer zurück.

- Ich dachte, du würdest ritzen.

Alexis streichelt ihm über die Arme.

- Das war mein erster Gedanke. Doch dann habe ich dich gesehen.

Er dreht den Oberkörper.

- Was möchtest du denn in den Rahmen ritzen?

Sie streicht ihm über die Stirn.

- Denk dir etwas aus.

Ein Mann durchquert den Aprikosenhain.

- Hallo, ich bin Alfred Midding.

Er trägt eine kurze ameisenschwarze Lederjacke, kohlenschwarze Wollmütze und Stiefel.

- Ich ritze dir gern einen Text in den Rahmen.

Alexis hebt lässig die Hand zum Gruß.

- Ich hoffe, dass dich der Geruch der Farbe nicht stört.

Midding ergreift das Taschenmesser.

- Nein, die Farbe riecht gut.

Sie setzt ein Lächeln auf.

- Das freut mich. Fang an!

Midding klappt die Klinge heraus.

- Darf es auch ein längerer Satz sein?

Alexis dreht die Arme einwärts.

- Ich schätze alles, was in meinen Rahmen geritzt wird.

Midding ritzt folgende Worte ein.

- Den Brunnen schätzt man erst, wenn er kein Wasser mehr gibt.

Er wischt die Klinge am Ärmel seiner Lederjacke ab.

- Die Farbe war noch nicht trocken.

Sie lässt den Arm über die ausgestellte Hüfte fallen.

- Das mit dem Brunnen und dem Wasser gibt mir zu denken.

Midding stößt Huch an.

- Hast du gehört?

Huch wendet den Kopf.

- Was?

Midding lächelt stolz.

 - Ich gebe ihr zu denken.

Huch sieht ihn erstaunt an.

- Nein, ich hörte, dass der Brunnen und das Wasser Alexis zu denken geben.

Midding fährt herum.

- Was? Du heißt Alexis? Ist das nicht ein Jungenname?

Sie geht zur Haustür.

- Es gibt viele Frauen, die etwas mit mir gemeinsam haben: Sie heißen Alexis und sind stolz auf den Namen.

Sie drückt die Klinke.

- Kommt rein.

Midding tritt ins Haus.

- Was hast du vor?

Alexis wartet auf Huch.

- Wir füllen ein paar Töpfe mit Wasser als Notvorrat.

Midding leckt über die Lippe.

- Das habe ich doch nicht ernst gemeint.

Sie schlägt den Blick auf.

- Ich schon.

In der Küche schimmern metallene Becher aufgereiht im Wandregal.

Midding nimmt einen vom Gestell, dreht ihn um.

- Er ist ja halbiert. Wie soll man da Wasser einfüllen?

Er prüft einen Becher nach dem andern.

- Das sind alles Hälften.

Alexis blickt Huch aus den Augenwinkeln an.

- Kommst du viel in der Welt rum?

Er wedelt mit dem Finger.

- Es geht so. Ich erkunde mehr die Landschaft.

Sie zeigt ihm einen Becher.

- Bist du auch schon mal in eine Küche mit halben Bechern gekommen?

Huch neigt den Kopf leicht zur Seite.

- Das ist mir nie aufgefallen. Allerdings habe ich auch noch nie einen Becher aus dem Regal genommen und nachgeschaut.

Midding deutet auf eine halbe Pfanne.

- Das solltest du aber. Das sind Attrappen.

Er hält einen halben Topf hoch.

- Alles ist halbiert.

Alexis unterdrückt einen Seufzer.

- Muss ich den Notvorrat vergessen?

Eine Frau steht unter der Tür.

- Hallo, ich bin Mieke Behrens.

Sie trägt eisweiße Glitzerhandschuhe.

- Sicher nicht. Es gibt natürliche Wasservorräte.

Alexis setzt ein besonders freundliches Lächeln auf.

- Wo?

Mieke legt die Hand auf ihre Schulter.

- Ich will mich überhaupt nicht aufdrängen. Aber wenn ihr mit mir kommt, führe ich euch hin.

Ein kleiner Weg schlängelt sich durch den Aprikosenhain zu einem Erdbeerfeld hinunter.

Mieke streckt den Arm aus.

- Hier könnt ihr 100 Jahre lang Erdbeeren pflücken und werdet nie fertig.

Midding steht wie erstarrt vor einem Schild.

- Was ist das?

Er liest.

- Pflanzen pflücken verboten.

Ein Mann tigert mit federnden Schritten durch das Erdbeerfeld.

- Hallo, ich bin Flynn Rivera.

Er trägt Tweedhosen, einen Ring am Finger und hat eine Kurzhaarfrisur.

- Ich bin froh, dass ihr mein Schild gelesen habt.

Huch begrüßt ihn mit festem Händedruck und einem prüfenden Blick tief in die Augen.

- Es hat so viele Erdbeeren im Feld. Willst du das Schild nicht entfernen?

Rivera streift den Ring ab.

- Das mache ich gern, wenn mir jemand einen Schal aus ganz dünner Wolle bringt. So fein muss er sein, dass ich ihn durch den Ring ziehen kann.

Alexis ringt nach Atem.

- Das wäre ganz besondere Wolle. Wo sollen wir so einen Schal finden?

Eine Frau schreitet sehr würdig durchs Erdbeerfeld.

- Hallo, ich bin Rahel Sonny.
Sie trägt einen Wollschal, eine pinkfarbene Windjacke, kurze Jeans, Turnschuhe.
- Es scheint unmöglich zu sein, einen Schal durch diesen Ring zu ziehen.
Rivera reibt am Ringfinger.
- Wieso sagst du: Es scheint?
Rahel nimmt den Schal vom Hals.
- Gib mir den Ring.
Er blickt ernst und fragend.
- Denkst du wirklich, dass dein Schal durchkommen würde?
Sie klaubt den Ring von seiner Handfläche.
- Das denke ich nicht nur. Ich bin sicher und werde es dir zeigen.
Ohne Mühe zieht sie den Schal durch den Ring.
- Siehst du, am Ende ist alles gut. Sonst ist es nicht das Ende.
Rivera reißt die Augen weit auf.
- Das ist eher ein Anfang.
Rahel gibt ihm den Ring zurück.
- Ein Anfang? Wie meinst du das?
Seine Stimme beginnt zu taumeln.
- Sehr ernst. Willst du mich heiraten?
Sie schlingt den Schal um seinen Hals.
- Das möchte ich machen.
Mieke ringt die Hände.
- Darf ich Trauzeugin sein?
Rivera streicht ihr sanft über die Schulter.
- Ja, dich nehme ich gern als Trauzeugin.
Middings Stimme rutscht eine Oktave höher.

- Dann wäre ich gern der Trauzeuge.
Rahel zieht den linken Mundwinkel hoch.
- Ich heirate zum ersten Mal. Wie viele Trauzeugen brauchen wir?
Rivera tänzelt um sie herum.
- 2 reichen.
Alexis reißt den Arm hoch.
- Und was wird aus mir?
Midding schaut schräg und keck.
- Was für Männer gefallen dir?
Sie lässt ihren Blick schweifen.
- Wenn ich ein Mann wäre, würde ich mich wählen.
Seine Augen blitzen.
- Warum nimmst du nicht mich?
Alexis holt durch den Mund Luft.
- Also gut, ich nehme dich.
Die angehende Doppelhochzeitsgesellschaft trottet plaudernd davon.
Huch deutet auf das Schild.
- Du wolltest es doch entfernen.
Rivera fletscht die Zähne zu einem absurden Grinsen.
- Wozu? – Niemand kümmert sich darum, wenn die Beeren reif sind.

Eine gewisse Aufmerksamkeit

Gemächlich steigt der Weg über einen Grashügel an, endet in einer wilden Wiese, von Bäumen umstanden. Bedächtig streift Huch durch die Gräser.

Eine Frau kommt mit riesigen Schritten auf ihn zu.

- Hallo, ich bin Vera Castiglione.

Sie trägt eine grellfarbene Mütze.

- Ich würde gern ein Monster sein, weiß aber nicht genau, wie man das macht. Hast du eine gute Idee?

Huch senkt die Lider.

- Wir müssten jemand fragen, der sich auf Monster versteht.

Vera bestreicht mit dem Finger den Mund.

- An wen denkst du?

Sein Blick schweift in die Ferne ab.

- Ich denke an jemand, der selber ein Monster oder mit einem Monster befreundet ist.

Ein Mann stakst lässig durch die Wiese.

- Hallo, ich bin Amin Strotz.

Er trägt einen rabenschwarzen Frack und einen Koffer.

- Darf ich dir einen Tipp geben?

Sie hält sich den Ellenbogen.

- Das wäre überaus freundlich.

Strotz legt den Koffer ins Gras, klappt ihn auf. Eine Gießkanne liegt darin.

- An deiner Stelle würde ich alle Kleider ablegen.

Vera flattert mit den Armen.

- Und was ist mit meiner Mütze?

Er krümmt Daumen und Zeigefinger zu einem Kreis.

- Die kannst du auf dem Kopf lassen.

Dann schiebt er die Gießkanne beiseite und nimmt einen pinkfarbenen Slip aus dem Koffer.

- Zieh ihn an.

Sie blickt gespannt auf den Slip.

- Ich hätte gar nicht gedacht, dass es so leicht ist, ein Monster zu sein.

Strotz legt sein Gesicht in immer dickere Falten.

- Worauf wartest du?

Vera streckt die Arme in die Luft.

- Für wen hältst du mich? Soll ich mich im Freien umziehen?

Er knetet seine Finger.

- Wo denn sonst?

Sie hält eine Hand in die Höhe.

- Ich will eine Garderobe, eine Umkleidekabine oder so etwas in der Art.

Eine Frau gleitet geisterhaft konzentriert über die Wiese.

- Hallo, ich bin Betty Pesch.

Sie trägt ein Flickenkleid, hat eine Illustrierte in der Hand.

- Was für ein Sternzeichen bist du?

Vera senkt den Kopf und kreuzt die Arme vor der Brust.

- Ich bin Zwillinge.

Betty schlägt die Illustrierte auf.

- Weißt du, was in deinem Horoskop steht?

Vera schaut ihr zwanglos über die Schulter.

- Nein, was steht darin?

Betty legt den Finger auf eine Zeile unter dem Sternzeichen der Zwillinge.

- Du wirst einen Vorhang bekommen.

Ein Mann schlurft heran.

- Hallo, ich bin Efe Gerken.

Er trägt feste zitronengelbe Haushalthandschuhe und einen tomatenroten Vorhang mit einem Spannseil.

- Darf ich dir einen Vorhang anbieten?

Vera hat in den Augen ein blitzendes Lachen.

- Das wäre hochwillkommen.

Gerken zeigt ihr das Muster mit den Schweizerkreuzen.

- Ist es recht, oder hättest du gern einen anderen Vorhang?

Sie wiegt den Kopf.

- Das hängt nicht von mir ab. Ihr schaut ja das Muster an, während ich mich unsichtbar mache.

Gerken spannt das Seil zwischen 2 Bäumen, zieht den Vorhang.

- Kann ich sonst noch etwas für dich tun?

Vera läuft hinter den Vorhang.

- Ja, pass auf, dass ihn niemand hebt, solang ich am Umziehen bin.

Er gesellt sich zu Betty, Strotz und Huch.

- Es ist wie im Theater. Man blickt auf den Vorhang, ist gespannt und weiß noch nicht, was gespielt wird.

Strotz drückt den Koffer an sich.

- Ich hätte für alle Fälle noch eine Gießkanne.

Betty hakt sich bei ihm ein.

- Pack sie aus und stell sie bereit.

Er stellt sie ins hohe Gras.

- Das ist gar nicht so einfach, dass die leere Kanne steht und nicht kippt.

Vera kommt hinter dem Vorhang hervor. Sie schnappt die Gießkanne, singt und hüpft im Kreis herum.

Gerken fasst sich an die Stirn.

- Wie sind wir? Machen wir alles richtig?

Sie nimmt die Brause ab, trompetet mit der Gießkanne.

- Ihr kapiert das noch nicht ganz. Ich bin ein Monster. Läuft weg!

Strotz klemmt den Koffer unter den Arm und rennt weg.

- Ich hoffe, dass ich dir entkomme.

Betty tollt über die Wiese.

- Ohne Socken wäre ich noch schneller.

Gerken hüpft mit hohen Sprüngen über die Gräser.

- Ich hole dich ein, wenn ich kann.

Vera deutet mit dem Finger auf Huch.

- Was ist mit dir? Warum läufst du nicht weg?

Er zieht die Schultern hoch.

- Ich kenne mich in der Landschaft noch nicht aus, kann mir aber gut vorstellen, dass ich ein gutes Versteck finden werde.

Vera läuft an ihm vorbei.

- Natürlich gibt es hier viele Höhlen und Baum-
häuser. Viel Glück!

Sie rennt hinter Gerken her, verliert die grellfarbene Mütze.

Huch hebt sie auf.

- Vera, warte! Du hast deine Mütze verloren.

Sie scheint ihn nicht zu hören.

Huch folgt ihrer Spur durchs hohe Gras.

- Wenn ich sie finde, gebe ich ihr die Mütze zurück.

Eine Frau winkt ihm zu.

- Hallo, ich bin Iva Kipp.

Sie trägt ein kleegrünes Kleid, hat einen tiefblau-
en Kurzhaarschnitt, einen Raben auf der Schulter
und einen Spazierstock in der Hand.

- Suchst du die Frau, der die Mütze gehört?

Huch bleibt unschlüssig stehen.

- Wieso? Gehe ich in die falsche Richtung?

Iva wendet sich an den Raben.

- Stimmt die Richtung?

Der Rabe krächzt.

- Ja, aber er geht zu langsam.

Iva drückt ein Auge zu.

- Das denke ich auch. Du musst schneller voran-
kommen. Willst du meinen Spazierstock?

Huch atmet erst mal tief durch.

- Ich muss nachdenken. So ein Stock hat doch
auch sein Gewicht.

Ihre Oberlippe bebt fast unmerklich.

- Nun, ein Ruder zum Beispiel ist ja auch nicht
federleicht. Aber, wenn du es in die Hand nimmst

und richtig führst, kommst du viel schneller voran, als wenn du mit den Händen paddeln würdest.

Er senkt den Blick.

- Ich verstehe. Mit der richtigen Technik könnte ich den Spazierstock in etwa so einsetzen wie ein Stabhochspringer.

Ivas Zeigefinger springt auf.

- Übertreib es bitte nicht. Ich sage nur, mit dem Stock und strammem Schritt kommst du schneller voran.

Ein Mann bewegt sich eckig und ungelenk.

- Hallo, ich bin Timur Kanari.

Seine Haare sind mittelbraun und mittellang.

- Ich kann mit einem Spazierstock umgehen.

Iva reicht ihm den Stock.

- Denk daran, das ist kein Spielzeug.

Kanaris Pupillen weiten sich.

- Dankeschön, ich denke an gar nichts Anderes. In welche Richtung soll ich laufen? Kann ich etwas bringen oder holen?

Huch gibt ihm die grellfarbene Mütze.

- Folge der Spur im Gras, bis du eine Frau einholst. Ihr gehört die Mütze.

Kanaris setzt sich die Mütze auf, stakst mit dem Stock davon.

- Vielen Dank für den Stock und den faszinierenden Auftrag.

Iva legt den Arm um Huchs Hals und schaut ihm in die Augen.

- Denkst du, dass er sie einholt?

Der Rabe auf ihrer Schulter schlägt mit den Flügeln.

Huch senkt den Blick.

- Ja, sonst hätte ich ihm die Mütze nicht gegeben.

Iva zieht die Schuhe aus.

- Der Boden ist warm, weich und angenehm. Du hast die ganze Zeit Schuhe an. Möchtest du nicht ein paar Schritte mit mir barfuß durchs Gras gehen?

Huch schlüpft aus den Schuhen.

- Das ist eine gute Idee.

Sie schreiten durch eine weite Wiese voller Blumen zu einem großen Ahornbaum. Krähen flattern durch den Wipfel, schreien. Ivas Rabe fliegt zu ihnen hinauf, krächzt laut. Die Krähen schwirren davon.

Iva stellt die Schuhe ab, läuft barfuß hinterher.

- Bleib bei mir! Flieg nicht fort!

Huchs Brauen spannen sich an.

- Es braucht eine gewisse Aufmerksamkeit. Sonst bleibt alles liegen.

Eine Frau trampelt und hopst über die Wiese.

- Hallo, ich bin Ria Tor.

Sie trägt eine pinkfarbene Sweatshirtjacke, wollweiße Kniestrümpfe, hat den Mantel über den Unterarm gelegt und deutet auf Ivas Schuhe.

- Das sind nicht zufällig deine?

Huch lässt den Blick suchend über den Horizont gleiten.

- Nein, sie gehören Iva.

Ria legt den Mantel ins Gras, nimmt Ivas Schuhe.

- Gut, dann sag ihr, ich habe ihre Schuhe gegen den Mantel getauscht.

Das Bild wird ihr fehlen

In den Wipfeln einer Apfelbaumallee singen die Vögel. Ein Hinweisschild steht an der nassen Straße.

- Spaß haben verboten.

Huch breitet die Arme aus.

- Ohne Brille kann ich dieses Schild nicht lesen.

Eine Frau steigert das Tempo ihrer Schritte. Sie holt Huch ein.

- Hallo, ich bin Jenny Popp.

Sie trägt ein schwanenweißes Ballettdress mit Tutu, hält eine Brille in der Hand.

- Willst du sie ausprobieren?

Er setzt die Brille auf.

- Wer hat das Schild aufgestellt?

Ein Auto platscht über die Straße, hält an. Der Fahrer steigt aus.

- Hallo, ich bin Ansgar Cassidy.

Er trägt eine kurze Hose, T-Shirt und einen Cowboyhut.

- Ich habe diese Schild gemalt, an den Pfosten genagelt und aufgestellt.

Huch zieht die Brille ab.

- Was hast du dir dabei gedacht?

Cassidy dreht die Schultern hin und her.

- Ich dachte: Vielleicht macht das Schild jemandem Spaß.

Huch hebt die Mundwinkel kaum an.

- Dann wäre es ja ein verbotenes Schild.

Cassidy wölbt den Bauch nach vorn.

- Wieso denn? - Spaß machen ist nicht verboten, nur Spaß haben.

Eine Frau bewegt sich wie in Zeitlupe auf der Straße.

- Hallo, ich bin Kristin Berson.

Sie trägt einen Rucksack und einen Campingtisch.

- Wo darf ich den Tisch hinstellen?

Jenny winkelt den Arm ab.

- Wo du willst.

Kristin stellt ihn mitten auf die Straße.

- Wenn ich Spaß haben will, kümmere ich mich überhaupt nicht um Schilder wie dieses da.

Sie kramt einen Teller aus dem Rucksack, legt ihn auf den Tisch, blickt Cassidy an.

- Ist das dein Auto?

Er verzieht beinahe keine Miene.

- Ja.

Kristin nimmt ein Schälmesser aus dem Sack.

- Es ist im Weg.

Cassidy fasst sich an den Kopf.

- Das verstehe ich nicht. Autos gehören auf die Straße.

Ein Apfel fällt vom Baum in den Teller. Kristin schält ihn.

- Du kannst das Auto stehen lassen. Das war nur Spaß.

Cassidy deutet auf das Schild.

- Entschuldigung, wir haben da ein Schild.

Sie holt ein Küchenmesser aus dem Sack, schneidet Apfelschnitze.
- Mach den Kofferraum auf. Leg das Schild rein. Und das Problem ist vom Tisch.
Er verschränkt die Arme.
- Das tu ich nicht.
Kristin bietet Jenny und Huch den Teller an.
- Greift zu. Ihr bekommt Apfelschnitze, er nicht.
Cassidys Augen flackern.
- Ich hätte aber auch gern Schnitze.
Ihre Stimme klingt betont forsch.
- Dann entferne das Schild. Ich gebe dir eine Minute.
Er verlagert sein Gewicht von einem Fuß auf den andern.
- Eine Minute ist zu lang. Bis dann habt ihr doch alle Schnitze gegessen.
Kristin gibt Jenny den Teller zum Halten, nimmt eine Spraydose aus dem Rucksack.
- Gefällt dir die Farbe?
Cassidy betrachtet die Etikette.
- Papyrusgrün metallic. Wie sieht das aus?
Sie besprüht das Schild, bis es ganz grün ist.
- Wie Papyrus eben.
Er zieht beide Augenbrauen nach oben.
- Du hast aus meinem Schild ein Bild gemacht.
Jenny kommt mit dem Teller zu ihm.
- Hättest du gern einen Apfelschnitz?
Cassidy greift zu.
- Sie sehen delikat aus.
Er beißt herzhaft hinein.

- Sie sind auch fein.
Kristin platziert die Spraydose mitten auf dem Tisch.
- Da ist noch eine Menge Farbe drin.
Cassidy pflückt einen Apfel, wirft ihn Huch zu.
- Du könntest Zeichen auf mein Auto sprayen.
Huch fängt den Apfel auf.
- Warum gerade ich?
Cassidy reibt sich die Hände mit den langgliedrigen Fingern.
- Du hast den Apfel aufgefangen.
Huch gibt ihn Kristin.
- Du verstehst dich gut aufs Sprayen.
Sie schält den Apfel.
- Ich war schon an der Reihe. Jetzt bist du dran.
Ein Mann lugt um den Stamm eines Apfelbaums.
- Hallo, ich bin Gregor Nielsen.
Er trägt einen Strickpullover.
- Ich kann gut Zeichen aufs Auto sprayen.
Cassidy spricht mit leuchtenden Augen.
- Ja dann, fang an!
Nielsen sprüht eine Schlange. Sie schlängelt sich vom vorderen Scheinwerfer über die ganze linke Seite bis zum Rücklicht.
- Ich bin begabt.
Cassidy stupst Huch sanft an.
- Das könntest du auch.
Nielsen reicht Huch die Spraydose.
- Du kannst nicht ewig zuschauen.
Huch hebt die Augenbrauen.
- Warum nicht?

Jenny reckt erwartungsvoll das Kinn.

- Du gehörst zu uns.

Er sprüht ein Strichmännchen auf die Motorhaube.

Kristin breitet segnend die Arme aus.

- Du hast mich gezeichnet.

Cassidy setzt sich ans Steuer.

- Wir fahren herum und zeigen es allen Leuten.

Jenny hält Huch die Tür auf.

- Setz dich auf den Beifahrersitz. Da siehst du am besten, wie dein Strichmännchen wirkt.

Huch gibt Nielsen die Dose zurück.

- Das war nur ein Spiel mit Kreisen und Linien.

Nielsen fläzt sich auf den Beifahrersitz.

- Ich möchte die Gesichter sehen.

Jenny öffnet die hintere Tür.

- Hinten bist du weniger ausgestellt.

Huch winkt höflich ab.

- Im Auto zieht die Landschaft viel zu schnell vorbei. Ich gehe lieber zu Fuß.

Kristin reinigt das Schälmesser und das Rüstmesser mit einem Tuch.

- Wir können auch im Schritttempo fahren.

Cassidy lächelt schlau und schräg.

- Es ist unser Auftritt.

Sie legt die Messer in den Rucksack.

- Denkst du ernsthaft daran, ein Künstler zu werden?

Huchs Arme hängen schlaff nach unten.

- Nein, ich möchte mich nur umsehen. Ich bin neu in der Gegend.

Kristin versorgt den Rucksack und den Campingtisch im Kofferraum.

- Wir könnten eine Galerie auftun und deine Bilder ausstellen.

Er hebt beschwichtigend die Hände.

- Das ist eine größere Sache. Ich werde darüber
nachdenken.

Kristin steigt ein.

- Wir besprechen es während der Fahrt. Vielleicht
sehen wir auch ein Haus mit Schaufenstern und
Scheinwerfern.

Cassidy nickt gedankenverloren und freundlich
mit dem Kopf.

- Mein Auto ausstellen – das wäre fabelhaft.

Jenny setzt sich neben Kristin.

- Wir fahren einmal los und suchen eine Galerie.

Cassidy startet den Motor.

- Bis bald!

Huch schaut dem Auto nach. Licht und Schatten
der Apfelallee werfen Streifen auf die glänzende
Karosserie. Er verlässt die Straße, findet einen
Weg, der sich im hohen Gras verliert.

Eine Frau steht neben einem wackligen Küchen-
tisch. Er ist aus Holz, clownweiß gestrichen.

- Hallo, ich bin Delia Zambelli.

Sie stellt die Kaffeekanne neben ein Stück Karton.

- Malst du mir mit Kaffee ein Vogelbild?

Huch fragt etwas unsicher.

- Willst du es nicht lieber selber malen?

Delia gluckst belustigt.

- Nein, das möchte ich nicht.

Er tunkt den Finger in die Kanne.

- Zum Glück ist er kalt.

Dann malt er mit dem Finger mit wenigen Strichen einen Vogel.

- Sag mir, was du siehst.

Ein Mann flattert mit einem selbst angefertigten Federkleid durch die Lüfte, landet neben Huch.

- Hallo, ich bin Jake Kogan.

Er wippt mit dem rechten Fuß.

- Ich sehe einen Vogel.

Delia stellt die Unterlippe vor.

- Das Bild ist sehr gut.

Kogan streckt die Hand aus.

- Kann ich es haben?

Ihr Lächeln knickt kurz ein.

- Ich trenne mich nur ungern davon.

Er ergreift den Karton und fliegt weg.

- Sammle mehr Bilder. Dann fällt es dir leicht.

Ein Blick auf die Rutschbahn

Durch einen Vorhang aus Farn und Bambus gelangt Huch auf einem eidechsengrünen Pfad in die Wolke eines wild wachsenden Pfefferminzfeldes.

Im knochig verflochtenen Geäst eines großen Baums sitzt eine Frau.

- Hallo, ich bin Eda Birk.

Sie ist nur mit teerschwarzen Strümpfen bekleidet.

- Siehst du die Klopapierrolle?

Sie deutet auf einen dürren Zweig, an den die Rolle gesteckt ist.

Huch reibt sich das Kinn.

- Wieso ist sie dort?

Eda lächelt hintergründig.

- Sie hängt nicht im vorgesehenen Halter.

Er legt den Kopf in den Nacken.

- Hat es in der Nähe einen Halter?

Ein Mann kommt mit resolutem Schritt.

- Hallo, ich bin Jesper Korsch.

Er trägt papierweiße Turnschuhe.

- Der Rollenhalter versteckt sich hinter einer hohen Hecke.

Er lenkt den Blick auf Eda.

- Wirfst du mir die Rolle hinunter?

Sie schlägt die Augen auf.

   Das mache ich doch gern, wenn du mir hilfst, vom Baum zu steigen.

Eine Frau tritt energisch auf.

- Hallo, ich bin Jennifer Wilks.

Sie trägt einen Parka über dem silberweißen Kleid und eine Aluminiumleiter auf der Schulter.

- Darf ich die Leiter anstellen?

Eda legt die rechte Hand aufs Herz, verbeugt sich leicht.

- Sei so gut und halte sie bitte so lange, bis ich sicher auf dem Boden bin.

Jennifer stellt die Leiter an und sichert sie.

- Vertrau mir.

Eda wirft Korsch die Rolle zu.

- Pass auf!

Korsch fängt sie auf.

- Ich finde, wir sind ein gutes Team.

Sie steigt die Leiter hinunter, blickt Huch an.

- Was machst du?

Huch sagt.

- Ich erkunde ein bisschen die Landschaft.

Jennifer tippt ihm gegen die Schulter.

- Dann bist du bei uns genau richtig.

Der Pfad schlängelt sich bergab und bergauf durchs üppige Grün, bis die Zweige den Blätter-vorhang lüften und die Sicht auf die hohe Hecke freigeben. Dahinter befindet sich eine gekachelte Wand mit einem Halter.

Korsch schiebt die Rolle ein.

- Wir sind am Ziel.

Jennifer rudert mit den Armen.

- Nicht ganz. Wir müssen ein Kleid und Schuhe für Eda auftreiben.

Eda pflichtet ihr bei.

- Du hast Recht. Ich laufe in den Strümpfen durch die Gegend und frage mich die ganze Zeit: Wozu gibt es Schuhe, wenn ich sie nicht habe?

Korsch zieht die Turnschuhe ab.

- Nimm meine, ich kann gut barfuß gehen.

Eda mustert Huch.

- Was sagst du dazu?

Huch schlüpft aus den Schuhen.

- Du kannst auch meine tragen. Ich gehe gern barfuß.

Sie geht um die Schuhe herum.

- Da steht eine schwere Entscheidung an. Will ich sie? Und wenn ja, welche?

Jennifer zieht die Augenbrauen hoch.

- Was ist das Problem?

Eda holt tief Luft.

- Das ist nicht gegen die beiden, was ich jetzt sage. Ihre Schuhe sind zu wenig elegant.

Jennifer stellt ihre Schuhe daneben.

- Nimm doch meine.

Eda lächelt entschuldigend.

- Nein danke. Die sind bestimmt eine Nummer zu klein für mich.

Jennifer schließt halb die Augen.

- Sie sehen nur so klein aus, weil sie etwas schmal sind.

Eda streckt die Hände in Halshöhe aus.

- Es tut mir leid. Ich sehe es auf den ersten Blick. Selbst wenn mir ein Prinz deinen Schuh halten würde, käme ich da nicht rein.

Korsch schaut sich um, entdeckt ein kleegrünes Haus.

- Vielleicht ist jemand zu Hause.

Eda läuft darauf zu.

- Ich hoffe, dass er mir etwas anbieten kann.

Jennifer, Korsch und Huch ziehen die Schuhe an, folgen ihr.

Ein Mann steht vor dem Haus, malt die Wand an.

- Hallo, ich bin Kenan Dallinger.

Er ist vom Hut bis zu den Flipflops ganz in Schwarz gekleidet.

- Moment, ich lege gleich den Pinsel ab und bin ganz für euch da.

Eda öffnet die Lippen.

- Ich brauche ein Kleid.

Dallinger öffnet die Tür.

- Geht nur hinein. Ich habe ein Iglu aus Altkleidern gemacht.

Eda tritt in den Eingangsraum, gelangt vor einen riesigen Haufen von Kleidern. Der Haufen ist innen ausgehöhlt und offen.

- Wie hast du das gemacht?

Er schreitet um den Iglu herum.

- Ich habe die Kleider immer im Kreis ausgelegt, mit einer Neigung gegen innen. Die Wände möchten eigentlich einstürzen, können aber nicht, weil sie sich gegenseitig stützen.

Korsch folgt ihm mit bedächtigen Schritten.

- Woher hast du die Kleider?

Dallinger bleibt breitbeinig stehen.

- Als die Leute sahen, dass ich aus meinen Kleidern ein Iglu baue, haben sie mir immer mehr Kleider gebracht. Und so ist der Haufen angewachsen.

Jennifer schmiegt den Arm an den Körper.

- Was passiert eigentlich, wenn ich ein schönes Kleid entdecke und für mich herausziehe?

Er kräuselt die Oberlippe.

- Nur zu. Greif dir etwas heraus. Du kannst dich im Iglu ungestört umziehen.

Eda legt die Hände mit gespreizten Fingern auf die Hüfte.

- Ich kann mich einfach nicht entscheiden.

Dallinger stellt sich vor sie hin.

- Lass dir Zeit.

Korsch faltet die Hände vor dem Bauch.

- Darf ich mir auch neue Teile aussuchen?

Dallinger drückt den Rücken durch.

- Nur zu! Es hat für jeden etwas Passendes. Ihr müsst nur lange genug um den Haufen herumgehen und euch vorstellen, wie ihr gern aussehen möchtet. Auch andere Socken können euer Leben von Grund auf verändern.

Er zieht immer engere Kreise um Huch.

- Für welches Teil kannst du dich begeistern?

Huch lässt die Arme baumeln.

- Ich kann in meinen Kleidern stundenlang spazieren. Ich möchte sie nicht eintauschen.

Dallinger zuckt mit der Wimper.

- Ich glaube es nicht! Dann spazierst du mir nichts dir nichts hinaus, und es reut dich keineswegs, dass du möglicherweise ein Schnäppchen verpasst hast?

Huch wendet sich zur Tür.

- Ja, so ist es. Danke, dass du mir dein Iglu gezeigt hast.

Er geht ins Freie. Ein Weg führt in den dichten Wald hinein. Moos, Farn und Flechten überziehen die Felsbrocken, zwischen denen umgefallene Baumstämme liegen.

Huch macht einen langen Hals.

- Wer soll da durchkommen?

Eine Frau umklammert ihn entschlossen von hinten.

- Hallo, ich bin Lydia Grell.

Er windet sich aus der Umklammerung, fährt herum.

- Was ist das für ein Hut?

Sie rückt ihren Hut zurecht, tippt an die Krempe.

- Er ist schwarz, wie du siehst.

Auf dem Rock hat sie einen hellroten Fleck, stecknadelgroß.

- Was starrst du auf den Fleck?

Huch stemmt den weit ausgestellten Arm in die Hüfte.

- Entschuldige bitte, wenn ich starren sollte.

Lydia dreht sich um ihre eigene Achse.

- Möchtest du wissen, woher er stammt?

Er neigt den Kopf.

- Ja, wenn du es sagen willst.

Sie wippt auf ihren Zehen.

- Von einer Himbeere.

Huchs Blick fliegt unstet von Baum zu Baum.

- Ist der Weg eingewachsen?

Lydia legt ihm eine Hand auf den Arm.

- Ja, der Weg ist verschwunden. Aber mach dir keine Sorgen. Es gibt eine Rutschbahn.

Er hebt seinen Arm.

- Ich bin lieber zu Fuß unterwegs.

Lydia hat ein wie gemaltes Lächeln auf den Lippen.

- Bleibst du lieber im Wald stecken?

Sie lenkt seinen Blick auf einen Baum mit Spiegeln im Geäst. Sie drehen sich, funkeln, fangen das Sonnenlicht und Bilder des Waldes ein. In einem Spiegel erscheint eine himbeerrote Rutschbahn.

Huch dreht sich um.

- Meinst du diese Rutschbahn?

Lydia steigt auf eine kleine Leiter.

- Ja. Ich rutsche hinunter. Und was machst du?

Er klettert die Leiter hoch, blickt auf die Bahn, die sich durch viele Schlaufen und Kurven durch den Wald hinunter windet.

- Ich hätte nicht gedacht, dass sie mir gefallen würde.

Sie lässt sich hinunter gleiten.

- Du bist eingeladen.

Huch setzt sich zögernd auf die Bahn, kommt ins Rutschen.

- Es ist sehr nett von dir, das zu sagen.

Der Pfosten ist brauchbar

Auf einem bewaldeten Berg vermummt Efeu eine Ruine. Nur das Dach schaut aus dem dicken, blattgrünen Pelz. Eine farbig schimmernde Glaskugel rollt heraus, streift beinahe Huchs Füße, kugelt weiter.

Eine Frau dreht beim Spaziergang kokett den Sonnenschirm.

- Hallo, ich bin Milina Bleck.

Wie eine Krone kringelt sich der Zigarettenrauch über ihrem Kopf.

- Warum nimmst die Kugel nicht auf?

Huch zieht die Mundwinkel leicht nach oben.

- Wer? Ich?

Ein Mann verlässt die Ruine.

- Hallo, ich bin Quentin Holm.

Er trägt einen Katzenpullover.

- Wenn er die Kugel nicht fängt, schnappe ich sie, bevor sie im Dickicht des Waldes verschwindet.

Er rennt hinter der Kugel her, hebt sie auf.

- Was habe ich gesagt? Bin ich nicht schnell?

Milina sagt mit einem Augenzwinkern.

- Das zeigt sich.

Holm spielt mit der Kugel, wirft sie auf, fängt sie.

- Gibt es noch etwas, das ich für dich einfangen kann?

Sie deutet auf die Kämme, die aus der Ruine aufsteigen wie ein Vogelschwarm.

- Ich hätte gern einen dieser Kämme. Ich will eine Frisur machen, aber sie fliegen leider immer wieder weg.

Er verfolgt die Kämme mit glühenden Blicken. Sie schweifen über den Wipfeln des Waldbergs, streichen durch einen Nussbaum, säuseln durch die Krone einer knorrigen Eiche.

- Ich habe noch nie mit fliegenden Kämmen zu tun gehabt.

Sein Blick wandert zu Huch.

- Hast du schon einmal einen Kamm gefangen?

Huch lauscht aufmerksam in den Wald hinein.

- Nein, im Moment versuche ich gerade, die Tonart zu bestimmen.

Milina schüttelt den Kopf.

- Was für eine Tonart?

Er dreht leise den Zeigefinger.

- Beim Flug streicht Luft durch die Zähne der Kämme, erzeugt ein pfeifendes Singen in G-Moll.

Holm murmelt.

- Geh-Moll? Warum nicht Flug-Moll?

Eine Frau klopft ihm auf die Schulter.

- Hallo, ich bin Ayse Rain.

Sie hat einen Perlenschleier vor dem Gesicht.

- Ich kann Kämme fangen.

Sie geht auf einem kleinen Weg in den Wald hinunter zu einem Schnellimbiss, in dessen Vorgarten viele Skulpturen und eine Coca-Cola-Neonwand stehen.

- Dreh den Schalter.

Holm geht zur Neonwand.

- Der Plastik des Schalters sieht sehr verwittert aus. Ist es nicht gefährlich, ihn anzufassen?

Milina dreht den Schalter mit leichter Hand.

- Für mich ist er in Ordnung.

Die Neonwand flimmert.

Holm streckt den Zeigefinger.

- Das hätte ich nie für möglich gehalten.

Von der Neonwand angezogen, sinkt die Schwarmwolke der Kämme herab, verdunkelt das Licht.

Milina ergreift einen Kamm.

- Es grenzt an ein Wunder.

Ayse eilt zum Schalter.

- Hast du sonst noch einen Wunsch?

Milina streift mit dem Finger über den Kamm.

- Ja, ich brauche einen Zeichenblock und einen Stift.

Ayse dreht den Schalter zurück.

- Zuerst kümmere ich mich um die Kämme.

Die Wolke steigt auf, schwärmt zur Ruine zurück.

Eine Steinskulptur im Vorgarten vom Schnellimbiss schaukelt den Kopf.

- Hallo, ich bin Damon Beira.

Er trägt einen Rucksack auf dem Rücken.

- Gerne gebe ich dir einen Block mit Stift.

Milina presst die Lippen fest zusammen, gibt Huch den Kamm.

- Danke, das ist sehr freundlich, aber ich kann mit steinernem Zeug nicht zeichnen.

Beira nimmt den Sack vom Rücken, öffnet ihn.

- Das Papier ist weich wie Wolle, geschmeidig wie Seide, aus feinsten Fasern hergestellt. Und was den Bleistift betrifft: Im Schaft aus Ahorn steckt eine weiche Graphitmine. Wer anfängt, damit zu zeichnen, kann gar nicht mehr aufhören.

Er überreicht Milina den Block und den Stift.

- Aus Stein bin nur ich und mein Rucksack.

Sie zieht ein paar Striche auf das oberste Blatt.

- So sollte meine Frisur aussehen. Kämme mir die Haare genau so.

Beira versteinert.

- Ich bin nur eine einfache Skulptur. Das traue ich mir nicht zu.

Milina wirft einen letzten Blick auf ihn.

- Es ist schade, dass so freundliche Männer wie du aus Stein sind.

Sie pufft Huch an seine Schulter.

- Steh nicht herum mit dem Kamm.

Huch wippt mit der Hand.

- Möchtest du, dass ich dich kämme?

Milina setzt sich auf einen Gartenstuhl, zeigt beim Lächeln die strahlenden Zähne.

- Ja, dann wäre ich sehr glücklich.

Er deutet auf die Zeichnung.

- Mir gefallen die schwungvollen Striche. Aber ich sehe keine Frisur darin.

Holm nimmt ihm den Kamm aus der Hand.

- Ich schon. Ich sehe die Frisur auf den ersten Blick.

Er stellt sich hinter Milina.

- Ich bin auch sehr gut im Frisieren.

Sie fährt herum.

- Du musst mich um Erlaubnis bitten.

Holm legt die Hand wie eine Muschel hinter das Ohr.

- Aber du willst doch eine neue Frisur.

Milina hebt das Kinn.

- Ja, aber ich will gefragt sein.

Er legt ihr die Hand auf die Schulter.

- Darf ich?

Ein Schmunzeln gräbt sich in ihre Wangen.

- Ja, fang an.

Holm kämmt eine Haarsträhne.

- Kannst du gut kochen?

Milina hält die Luft an.

- Warum fragst du?

Er tastet den Schnellimbiss mit seinen Blicken ab.

- Weil ich Hunger habe. Mir gefällt der Schnell-imbiss, weil ich da nie warten muss.

Sie wendet den Kopf.

- Ja, willst du jetzt essen oder mich frisieren?

Holm lächelt scheu.

- Wenn ich die Wahl habe zwischen Essen und Frisieren, wähle ich gern beides.

Milina steht auf, schnappt den Kamm.

- Willst du mit einer Hand ein Sandwich halten und mich mit der andern kämmen? Wie stellst du dir das vor?

Er geht zum Schnellimbiss.

- Ich muss zuerst sehen, was für Sandwichs ange-boten werden.

Ayse schaut Huch von der Seite an.

- Kommst du auch?

Er stopft die Hände in die Hosentaschen.

- Später vielleicht, wenn ich Hunger habe. Ich gehe spazieren.

Milina trennt das oberste Blatt vom Block.

- Ich schenke dir meine Zeichnung. Willst du sie in der Zwischenzeit studieren?

Huch faltet die Zeichnung, steckt sie ein.

- Dankeschön, ich nehme sie mit.

Er verlässt den Vorgarten, begibt sich auf die Landstraße. Vom Horizont schlängelt sie sich zur Wiese vor seinen Füßen. Ein Traktor ist von Gras überwachsen.

Eine Frau tigert auf der Landstraße herum.

- Hallo, ich bin Ivy Spiro.

Sie trägt eine wattierte fuchsrote Seidenjacke.

- Hier hat es weit und breit keine Verkehrsschilder. Ich würde gern eines aufstellen und habe eine dumme Frage: Weißt du, wie das geht und was man dazu braucht?

Huch sieht das Leuchten in ihren Augen, wenn sie redet.

- Verkehrsschilder haben manchmal einen Pfosten.

Ivy wackelt mit den Händen.

- Nur manchmal oder oft?

Er wird unsicher.

- Einige Verkehrsschilder hängen auch an der Wand.

Ein Mann trippelt auf der Landstraße.

- Hallo, ich bin Maddox Berry.

Sein dunkles Haar ist kurz geschoren und strubbelig. Er trägt einen Pfosten und einen Spalthammer.

- Weil die Wand fehlt, würde ich gern für euch einen Pfosten einschlagen. Die Frage ist nur: wo?

Ivy lehnt sich an Huch.

- Du bist gefragt.

Er verfällt mit zurückgelegtem Kopf in schalkhaftes Lachen.

- Wieso ich? - Du möchtest doch gern ein Schild aufstellen.

Sie bekommt weiche Knie.

- Das stimmt. Aber die Straße hat 2 Seiten. Ich weiß nicht, welche sich besser eignet.

Berry steckt den Pfosten in die Wiese.

- Ich mache euch einen Vorschlag. Hier hat es wenig Steine. Es wäre deshalb sehr einfach, den Pfosten einzuschlagen. Wenn ihr nichts dagegen habt, fange ich an.

Er schlägt den Pfosten ein.

- Es ist offensichtlich der beste Ort.

Ivy holt tief Luft.

- Danke, das hast du gut gemacht. Er steht sogar gerade. Aber wo ist das Schild?

Berry schultert den Spalthammer.

- Ich sehe keines.

Ohne sich weiter nach ihnen umzudrehen, wandert er weiter.

- Ihr müsst euch etwas einfallen lassen.

Ivy dreht sich schwindelerregend schnell im Kreis.

- Ich will ein Schild.

Ein rostrotes Auto fährt heran. Die Fahrerin steigt aus, schraubt das Nummernschild ab.

- Für dich.

Die Ameise geht nicht spurlos vorbei

Vögel flattern fort. Huch geht barfuß übers Moos, hört Wellen rauschen. Luft und Lichter vom See strömen durch die Blätter. Huch tritt ans Ufer. Eine Wasserfontäne zischt in die Höhe.

Eine Frau taucht auf, nimmt den Schnorchel aus dem Mund.

- Hallo, ich Jasmina Nitsch.

Sie trägt einen violetten Bikini mit Raubtiermuster.

- Wie hoch war die Fontäne?

Huch schätzt.

- Ungefähr einen halben Meter.

Jasmina gibt ihm den Schnorchel.

- Kannst du das auch?

Er legt den Schnorchel auf einen Uferstein.

- Meinst du die Fontäne?

Sie sonnt sich auf den Planken eines Bootsstegs.

- Ja genau. Du tauchst so tief, bis das Wasser in den Schnorchel eindringt.

Huch steigt die krummen, müde seufzenden Holzstufen zum Steg hoch.

- Zuerst möchte ich die Landschaft über dem Wasser erkunden. Da gibt es viel zu sehen. Nachher wäre das Tauchen auch eine gute Möglichkeit, die Gegend kennen zu lernen.

Jasmina sieht den Wolken zu.

- Fehlen dir die Geräusche der Zivilisation?

Er setzt sich neben sie.

- An welche Geräusche denkst du?

Sie schlägt ihre Beine übereinander.

- Motoren, Lautsprecher, Räder, Klingeln.

Huch hört dem Wind zu.

- Nein, ich vermisse sie nicht.

Wellen schwappen ans Ufer. Gischt spritzt auf.

Jasmina steht auf.

- Ja, dann gehen wir ein paar Schritte und sehen uns um, wenn es das ist, was du gern machst.

Er lässt seine Hand locker baumeln.

- Das gefällt mir.

Sie spazieren dem Ufer entlang, gelangen vor ein flaches Holzhaus mit sonnengelbem Anstrich.

Ein Mann guckt aus einem kleinen Garten.

- Hallo, ich bin Jaro Dax.

Er trägt einen Anzug mit Schlips.

Jasmina wendet sich ihm mit süßlicher Stimme zu.

- Dein Haus hat eine fröhliche Farbe.

Dax lässt die Schultern hängen.

- Danke, das stimmt. Leider ist es ein bisschen einfarbig.

Eine Frau läuft über einen schmalen Pfad aus dem Wald.

- Hallo, ich bin Mika Viola.

Sie trägt frischgewaschene Latzhosen und eine Ballonmütze auf dem Kopf, bringt einen Farbeimer, einen breiten Pinsel und Plastikhandschuhe.

- Ich habe ein schönes Capriblau im Kübel.

Jasmina beugt den Kopf zu Huch.

- Mal etwas.

Er streift die Haare zurück.

- Ich würde zuerst gern sehen, was ihr auf die Wand malt.

Dax verzieht den Mundwinkel.

- Wir malen leider gar nichts darauf. Wir streichen sie nur an.

Huch deutet mit dem Zeigefinger auf Mika.

- Aber du bringst doch die Farbe. Sicher hast du etwas vor.

Sie klopft ihm auf die Schulter.

- Ja sicher. Ich nehme den Deckel vom Eimer ab und gebe dir den Pinsel. Brauchst du Handschuhe?

Er atmet tief durch.

- Wozu?

Mika schließt die Augen.

- Nun, dass deine Hände nicht farbig werden.

Huch lacht verlegen.

- Ah, das macht mir gar nichts aus.

Sie drückt ihm den Pinsel in die Hand.

- Dann bist du der geborene Maler.

Er guckt in die Wolken.

- Sicher nicht.

Jasmina zeigt einen Anflug von Lächeln.

- Tunke doch einfach einmal den Pinsel in die Farbe und denke dir nichts weiter dabei.

Huch taucht die Haare des Pinsels ins Capriblau.

- Wenn ich diese Farbe betrachte, erinnert sie mich an einen See.

Jaro lässt den Mund vor Staunen offen stehen.

- Du bist ein Poet.

Mika blinzelt in die Sonne.

- Und nun klatschst du den Pinsel an die Wand.

Huch streift die Farbe an der Wand ab, schaut zu, wie sie hinunterrinnt.

- Hast du dir das so vorgestellt?

Jasmina, Mika und Jaro klatschen.

- Du bist ein Künstler.

Huch legt den Pinsel ab.

- Wieso?

Jasmina zeigt auf ihn und lacht.

- Ja, wenn wir sagen, du bist ein Maler, dann verwechseln dich die Leute mit einem Flachmaler.

Er entspannt seine Schultern.

- Aber ich habe nur einen Pinselklatsch gemacht.

Jaro streicht mit dem Finger über die Farbe an der Wand.

- Die Farbe fließt immer noch.

Eine Fahrradglocke klingelt. Eine Mann fährt mit dem Velo heran.

- Hallo, ich bin Taha Can.

Er trägt einen Bademantel.

- Wer hat dieses wunderbare Wandbild gemalt?

Mika deutet mit dem Zeigefinger auf Huch.

- Er ist ein Künstler.

Can stellt das Fahrrad ab.

- Das müssen wir feiern.

Er nimmt den Korb vom Gepäckträger.

- Ich habe frischen Kaffee in der Thermosflasche und Pappbecher.

Jasmina richtet die Augen auf ihn.

- Das sind sinnvolle Sachen.

Jaro streicht sich das Kinn.

- Ich dachte, der Kaffee sei ein Getränk. Ist er auch eine Sache?

Mika verteilt die Pappbecher.

- Natürlich, er ist die Hauptsache. Sonst braucht es weder Flasche noch Becher.

Huch hebt die Hände auf Schulterhöhe.

- Ich trinke vielleicht später einen Kaffee.

Can schraubt die Fasche auf.

- Was hast du vor?

Huch geht zum Uferweg.

- Ich sehe mir die Farben des Sees an.

Jasmina lässt sich den Becher füllen.

- Bis später!

Jaro schnuppert an seinem Becher.

- Ich habe noch viele Ideen, wo du Kunst machen könntest.

Mika ruft ihm nach.

- Und Farbe hat es im Fall auch noch mehr als genug.

Huchs Blick schweift ungehindert über die buchengrünen Berge und den türkisfarbenen See. Schmetterlinge flattern umher. Er gräbt die Füße in den feinen Sand, spaziert weiter.

Eine Frau tanzt zuckend den Strand entlang.

- Hallo, ich bin Soraya Lynn.

Sie trägt ein klavierschwarzes Minikleid und hat einen Schilfhalm in der Hand.

- Kannst du den Fußabdruck eines Elefanten in den Sand zeichnen?

Huchs Schultern sacken entspannt nach unten.

- Ich könnte es versuchen. Aber gelingt es dir nicht besser als mir?

Soraya reicht ihm den Halm.

- Nein, sicher nicht. Ich habe schon lange nicht mehr gezeichnet.

Huch spielt mit dem Halm.

- Aber in den Sand zeichnen ist einfach. Wenn dir das Bild nicht gefällt, kannst du es mit einem Wisch verschwinden lassen.

Ein Elefant kommt aus dem Schilf, drückt seine Fußspuren in den Sand, trottet langsam den Strand entlang, geht in den Wald.

Sie macht eine Grimasse.

- Du bist großartig. Ich bitte dich um einen Fuß-abdruck, und du zauberst einen Elefanten aus dem Schilf.

Huch wendet den Kopf zur Seite.

- Das war nicht ich. Der Elefant ist zufällig vorbei gekommen.

Soraya hat einen Glanz in den Augen.

- Für mich war das kein Zufall.

Ein Mann eilt mit federnden Schritten herbei.

- Hallo, ich bin August Baxter.

Er trägt Jeans.

- Ich will Löwenspuren.

Sie umarmt Huch innig.

- Das schaffst du.

Huch nimmt einen tiefen Atemzug.

- Und warum zeichnest du sie nicht selber?

Baxter wirft den Mundwinkel ironisch auf.

- Ich habe noch nie in den Sand gezeichnet.

Ein Löwe verlässt den Uferwald, setzt einen Fuß vor den andern.

Soraya hopst vor Freude um Huch herum.

- Sag mir nicht, wie du das machst! Lass mich raten.

Er schaut dem Löwen nach, der im Schilf verschwindet.

- Der Löwe ist von selber gekommen. Ich habe gar nichts gemacht.

Baxter wiegt den Kopf hin und her.

- Das sehe ich ganz anders. Ich habe schon so oft eine Löwenspur gewünscht. Ohne dich wäre da nur leerer Sand.

Soraya stellt die Brust vor und macht einen Hohlrücken.

- Jetzt fehlt nur noch eine Ameisenspur.

Huch bückt sich, lässt den Sand durch seine Finger rieseln.

- Der Sand wäre fein genug. Ich könnte sie mit ganz feinen Strichen andeuten.

Eine Ameise krabbelt um den winzigen Haufen herum, den er beiläufig hingestreut hatte.

Soraya buckelt zum Rundrücken.

- Sogar Ameisen verstehen dich.

Das anziehende Kleid

Minze, Salbei und Thymian blühen in einer Bergwiese. Unregelmäßige Steinplatten im Gras führen zu einem bewaldeten Berg. Der Weg windet sich steil zwischen den Bäumen hindurch zu einem verfallenden Haus. Huch schiebt die angelehnte Tür auf, tritt ein. Von der Decke rieselt Putz auf die Treppe.

Eine Frau räumt eine Holzlatte aus dem Weg, gibt ihm die Hand.

- Hallo, ich bin Erna Bang.

Sie trägt ein knisterndes Papierkleid, spannt einen Schirm auf.

- Komm unter den Schirm.

Sie steigen die Treppe hinauf. Putzkörner und Staub fallen auf den Schirm herab.

Erna zeigt mit der Hand nach oben.

- Da kann man nichts machen.

Sie führt Huch in einen hellen Raum. Er ist nur mit einem Spiegel ausgestattet, der mannsgroß an der Wand hängt.

- Hallo, ich bin der Spiegel.

Seine Stimme klingt wie ein Murmeln hinter Glas.

- Soll ich etwas lauter mit euch sprechen?

Erna hebt den Daumen.

- Ja, sei mutig und sprich deutlich.

Augen erscheinen im Spiegel. Der Blick verweilt auf Erna.

- Kennst du Inga Klink?

Sie macht eine eher abwehrende Bewegung mit der Hand.

- Nein. Kennst du sie?

Die Blicke des Spiegels schweifen von ihr ab.

- Ja. Sie hat ein schöneres Kleid als du.

Erna streift über ihr knisterndes Papierkleid.

- Wer sagt das?

Der Spiegel schaut sie unverwandt an.

- Ich sage das. Du hast ja gewünscht, ich soll mutig sein.

Sie nickt lächelnd.

- Das stimmt. Möchtest du noch etwas beifügen?

Der Spiegel kichert in sich hinein.

- Geh doch zu Inga Klink und frag sie, ob sie dir ihr Kleid gibt.

Erna rückt das Papierkleid fahrig zurecht.

- Wieso?

Der Spiegel blinzelt ihr mit den Augen zu.

- Dann trägst du das schönere Kleid.

Sie dreht sich um die eigene Achse.

- Du kannst die Dinge sehr gut erklären.

Der Blick des Spiegels wandert aus dem Fenster.

- Ich sage dir doch nur, was zu tun ist.

Erna trippelt die Treppe hinunter.

- Dankeschön. Du bist sehr freundlich.

Sie verlässt mit Huch das verfallende Haus, klappt den Schirm zu.

- Weißt du, wo Inga Klink ist?

Er zieht die Oberlippe ein.

- Leider nicht. Willst du den Spiegel fragen?

Eine Frau klappert mit den Absätzen um die Ekke.

- Hallo, ich bin Inga Klink.

Sie trägt ein Kleid in den Farben einer Biskuittorte.

- Es kommt mir vor, als würde ich euch schon lange kennen.

Erna reagiert mit Kopfschütteln.

- Ich sehe dich zum ersten Mal. Gibst du mir dein Kleid?

Inga kratzt sich am Nacken.

- Warum?

Erna wirft den Kopf zurück.

- Es könnte aufregend sein, mit mir das Kleid zu tauschen.

Inga schöpft Atem.

- Du meinst, ich soll dir mein Seidenkleid geben und in dein Papierkleid schlüpfen? Und das soll aufregend sein?

Erna blinzelt mit den Augen.

- Oder befriedigend, wenn du willst.

Inga schließt die Augen.

- Ich habe noch nie ein Papierkleid getragen. Wie fühlt sich das an?

Erna spreizt die Finger ab.

- Knisternd und raschelnd.

Inga wendet sich mit einer leichten Drehung des Oberkörpers Huch zu.

- Was sagst du dazu?

Er legt den Rücken der linken Hand in die rechte Innenhand.

- Gefällt dir das Papierkleid?

Sie ringt um Worte.

- Ich weiß nicht, wie ich herausfinden soll, ob mir etwas gefällt.

Erna blinzelt verschmitzt.

- Frag einen Frosch.

Inga schaut sich um.

- Und wo hat es einen Frosch?

Eine lackrote Riesenlibelle schwirrt an ihr vorbei.

Erna weist mit einem Kopfrucken den Weg.

- Gehen wir der Libelle nach.

Im Zickzack fliegt sie um die mächtigen Stämme zu einem schattigen Teich, wo sie über den Seerosen schwebt. Auf einem Blatt sitzt ein Frosch.

Inga streckt die flache Hand aus.

- Vielleicht setzt er sich darauf.

Der Frosch hüpft auf ihre Hand, setzt sich und schweigt.

Inga senkt den Kopf.

- He, Frosch, was denkst du? Würde mir ein Papierkleid gefallen?

Er zieht die Maulwinkel nach unten.

Sie zieht eine Braue leicht hoch.

- Heißt das nun ja oder nein?

Bei jedem Atemzug bebt seine Kehle.

Ein Mann durchschreitet den Wald mit festem, schnellem Schritt.

- Hallo, ich bin Ragnar Gode.

Sein geblähter Mantel ist mit Worten bedeckt.

- Bist du eine Prinzessin?

Inga schaut großäugig.

- Wie kommst du darauf?

Er streckt lächelnd den Kopf weit vor.

- Weil du mit einem Frosch sprichst.

Sie steht grazil da, ein Bein vor das andere gestellt.

- Ich dachte, der Frosch könnte mir helfen.

Gode greift hinter dem Rücken ums Handgelenk.

- Was ist das Problem?

Erna sagt mit hochgezogenen Brauen.

- Inga weiß nicht, ob ihr mein Papierkleid gefällt.

Er lacht hell auf.

- Vielleicht kann ich helfen. Ich bin nämlich sehr neugierig und berühre alles mit meiner Hand.

Inga biegt die Finger ein.

- Und was hast du vor?

Gode lächelt verschmitzt.

- Ja, ich streife mit der Hand über das Papierkleid und dann über deine Haut. Dann weiß ich gleich Bescheid.

Inga setzt den Frosch auf ein Seerosenblatt.

- Das passt mir nicht.

Erna zieht das Papierkleid aus und reicht es Gode.

- Mir schon. Von mir aus kannst du so lang darüber streifen, wie du willst.

Er legt es über seinen Unterarm fährt mit der Hand darüber.

- Inga, das ist angenehm. Ich spüre es.

Sie sieht sich um.

- Ich könnte es anprobieren. Die Frage ist nur, wo.

Ein kleiner Weg führt vom Teich weg zu einem Mehrfamilienhaus, das mit einer Plastikplane umspannt ist.

Gode schlägt die Plane zurück.

- Hier finden wir bestimmt ein Zimmer, wo du dich in aller Ruhe umziehen kannst.

Sie gelangen in einen niedrigen Eingangsraum mit blank poliertem Boden. In einer Kupferschüssel flackert eine Kerze.

Eine Frau kommt aus einem langen Gang.

- Hallo, ich bin Katja Brosch.

Sie trägt einen Pelzmantel, hat beerenrote Lippen, chilirote Fingernägel und einen gleichfarbigen Hut.

- Folgt mir.

Sie zeigt ihnen einen großen Raum mit einer lichtweiß schimmernden Küchenzeile und einer Liege mit hellem Leder. Auf einem Tisch steht eine Handglocke.

- Was habt ihr vor? Was kann ich euch anbieten?

Inga nimmt Gode das Papierkleid aus der Hand.

- Ich würde dieses Kleid gern anprobieren, wenn möglich in einem Zimmer mit einem Spiegel.

Katja blickt Erna an.

- Und du? Brauchst du etwas zum Anziehen?

Erna entblößt beim Lächeln die obere Zahnreihe.

- Ich hätte gern Ingas Seidenkleid.

Katja öffnet Inga ein Zimmer.

- Ja dann musst du warten. So ein Tausch will überlegt sein.

Inga huscht ins Zimmer, schließt hinter sich die Tür.

- Bleibt alle in der Küche.

Gode reckt das Kinn vor.

- Hast du etwas zu essen?

Katja läutet mit der Handglocke.

- Ja sicher.

Ein Brot schwebt von der Decke herab. Gode fängt es auf.

- Das Brot riecht gut.

Sie schaut ihn von der Seite an.

- Du isst es gar nicht und siehst bedrückt aus.

Er lächelt karg.

- Es ist nichts auf dem Brot.

Sie gibt ein neues Glockenzeichen.

- Ah, du hättest gern einen Aufstrich.

Ein Messer und ein Teller mit einem Butterbäll-chen landen sanft auf dem Tisch.

Katja stemmt die Hände in die Hüfte.

- Streichst du die Butter selber oder kann ich es für dich tun?

Vorsichtig nimmt er das Messer.

- Nein, das kann ich schon selber machen.

Inga kommt aus dem Zimmer. Sie trägt immer noch ihr Seidenkleid und legt Ernas Papierkleid auf das helle Leder der Liege.

Erna richtet sich auf.

- Passt es dir nicht?

Inga dreht sich im Kreis.

- Ich habe es gar nicht anprobiert. Der Spiegel sagte, ich trage das schönere Kleid als du.

Aschenputtel und der Schornsteinfeger

In einer engen Gasse sieht Huch einen schmalen pantherschwarzen Schatten um die Ecke huschen.

- Schmal und pantherschwarz, was könnte das sein?

Er späht um die Ecke des Hauses.

Eine Frau streichelt eine schwarze Katze.

- Hallo, ich bin Melis Zapp.

Sie hat hennarote Haare.

- Hat dich meine Katze erschreckt?

Huch tritt auf die helle Straße. Die Kopfsteinpflastersteine schimmern.

- Nein, vielleicht habe ich sie erschreckt.

Melis richtet sich auf.

- Sie bewegt sich gern schnell. Das ist ihre Eigenart.

Ein altes, rußschwarz verschmiertes Auto rumpelt die Straße hinunter. Die Katze flieht.

Der Fahrer kurbelt die Scheibe herunter.

- Hallo, ich bin Miguel Pratt.

Er trägt Anzug, Krawatte und steinweiße Handschuhe.

- Habt ihr eine schnelle Reaktion?

Huch sperrt die Augen auf.

- Warum fragst du?

Pratt wirft eine Schreibmaschine aus dem Fenster. Es ist eine alte Imperial.

- Darum.

Huch fängt sie auf.

- Halt an und übergib die Schreibmaschine anständig.

Pratt lässt lässig den rechten Arm raushängen.

- Nein, ich fahre weiter.

Er beschleunigt die Fahrt und winkt.

- Macht es gut.

Melis kichert glockenhell.

- Vorher bist du noch mit leeren Händen dagestanden. Wenn man mich gefragt hätte: Was ist das für ein Mann? Was kann er? – Ich hätte keine Ahnung gehabt.

Huch starrt sie mit offenem Mund an.

- Ich habe keine Schreibmaschine bestellt.

Sie reibt die Hände.

- Sei spontan. Genieße es. Wir müssen herausfinden, ob das Farbband noch druckt.

Eine Frau und ein Mann marschieren mit entschlossenem Schritt die Straße hoch. Sie stellen einen Tisch mit einer großen Schublade ab.

Die Frau trägt eine mit Blumen bedruckte Jacke.

- Hallo, ich bin Amber Bien.

Der Mann hat einen sportlichen Kurzhaarschnitt.

- Hallo, ich bin Vito Mur.

Melis schlägt die Hände vors Gesicht und lacht.

- Danke für den Tisch. Ihr werdet doch hoffentlich auch an einen Stuhl gedacht haben.

Amber fährt sich mit den Fingerspitzen über die Lippen.

- Wir denken an alles, haben aber auch nur 2 Hände.

Mur zwinkert ihr zu.

- Also 4 Hände, wenn du meine dazuzählst.

Eine Frau bringt einen wackligen Campingstuhl.

- Hallo, ich bin Eleanor Cour.

Sie trägt einen leichten Pullover über die blüten-weiße Bluse.

- Der Stuhl ist für dich. Setz dich. Ich schätze, er hat genau die richtige Höhe.

Huch nimmt vorsichtig Platz.

- Die Höhe stimmt. Ich hoffe nur, dass er mein Gewicht trägt.

Melis dreht eine Pirouette.

- So schwer bist du nun auch wieder nicht.

Amber lächelt so auffordernd, als gälte es, keine Zeit zu verlieren.

- Öffne bitte die Schublade.

Huch zieht sie vorsichtig heraus.

- Ah, es hat Papier darin.

Mur dreht den Kopf.

- Nimm es mal in die Hand. Das ist hochwertiges Schreibmaschinenpapier.

Huch nimmt ein Blatt heraus, fährt mit dem Fin-ger darüber.

- Ich bin kein Experte, aber ich würde sagen, es ist glatt.

Eleanor räuspert sich.

- Du musst überhaut kein Experte sein. Es ge-nügt, wenn du das Blatt einziehst und ein paar Buchstaben tippst.

Er dreht an der Walze.

- Ich habe schon lange nicht mehr mit einer Maschine geschrieben.

Melis flüstert ihm ins Ohr.

- Du machst das sehr geschickt.

Huch spannt das Blatt mit dem Bügel ein.

- Wenn mich nicht alles täuscht, hat der Bügel diese Funktion.

Amber klopft ihm begütigend auf die Schulter.

- Vergiss alle Funktionen. Tipp einfach.

Er blinzelt in die Sonne.

- Vielleicht will jemand von euch etwas schreiben.

Mur beugt den Oberkörper.

- Ich muss schon sehr bitten. Wir haben dir extra einen Tisch hingestellt.

Eleanor spricht auffallend schnell.

- Und ich habe diesen schweren Stuhl nur für dich durch die ganze Stadt getragen.

Huch zieht den Kopf zwischen die Schultern.

- Aber es ist doch ein Campingstuhl. So schwer wird er nun auch wieder nicht sein.

Melis tippt mit dem Zeigefinger in der Luft herum.

- Schreib doch einfach mal den Titel „Aschenputtel und der Schornsteinfeger". Das sind nur 4 Worte. Die kriegst du schon hin.

Er beginnt mit Schreiben.

- Das Farbband ist wie neu. Die Buchstaben sehen gestochen scharf aus.

Er hat ein kribbeliges Gefühl, als ob ihn jemand anstarren würde, hebt den Kopf.

Vor ihm steht eine Frau.

- Hallo, ich bin Aschenputtel.

Sie ist in ein pinkfarbenes Tutu gekleidet, tänzelt barfuß um ihn herum.

- Zuerst hast du dich um mich gekümmert. Und jetzt bin ich an der Reihe, mich um dich zu kümmern.

Er ringt nach Luft.

- Ich habe doch bloß den Titel geschrieben.

Aschenputtel und Amber schubsen sich gegenseitig an und kichern.

- Ich helfe dir, sagt Aschenputtel.

Ein Mann kommt mit einer Leiter und einer Erdbeertorte.

- Hallo, ich bin der Schornsteinfeger.

Er trägt eine signalrote Kappe und eine grellweiße Plastikbrille.

- Ich suche im ganzen Land eine Frau, der diese Torte passt.

Aschenputtel klopft ihm auf die Schulter.

- Mir passt sie.

Der Schornsteinfeger lehnt die Leiter gegen die Hauswand.

- Ich kann es kaum glauben.

Er kniet nieder.

- Dann sei so gut.

Sie wippt mit den Fußspitzen.

- Ich bin so gut, aber für was?

Er legt die Torte neben ihren Fuß.

- Stell deinen Fuß in die Torte.

Aschenputtel tanzt einen Schritt nach hinten, einen zu Selte.

- Das wäre schade.
Der kleine Finger seiner linken Hand zittert.
- Wie soll ich dann herausfinden, ob sie dir passt?
Ihre Augen funkeln.
- Besorg ein Kuchenmesser, Teller und Löffel.
Eine Frau rennt wie entfesselt die Straße hoch.
- Hallo, ich bin Margarete Dahl.
Sie trägt einen Wickelrock und einen Geschirr-
korb.
- Darf ich die Torte auf den Tisch stellen?
Mur reibt sich die Hände.
- Ja gern. Stell sie direkt neben die Schreibma-
schine.
Sie hebt die Torte auf.
- Darf ich sie zerschneiden?
Eleanor legt die Hand aufs Herz.
- Hast du denn ein Kuchenmesser dabei?
Margarete greift in den Korb.
- Sogar eine Spezialanfertigung für Torten mit
einer breiten, schaufelartigen Klinge.
Sie lässt sie an der Sonne blitzen.
- Ich bin stolz darauf.
Aschenputtel befeuchtet mit der Zunge die Un-
terlippe.
- Ich hätte so gern einen Teller und einen Löffel.
Margarete nimmt eine Beige Teller aus dem
Korb.
- Auch daran ist gedacht.
Sie schiebt das erste Tortenstück auf einen Teller,
kramt eine Schachtel mit Löffeln
hervor.

- Silberlöffel, wenn es recht ist.
Aschenputtel streckt die Arme aus.
- Woher weißt du, dass sie aus Silber sind?
Margarete schlägt 2 Löffel zusammen.
- Ich höre es am Klang.
Während sie Stück um Stück mit Teller und Löffel
serviert, stiehlt sich Huch aus der Gruppe.
Bei einem Haus steht die Tür sperrangelweit of-
fen. Im Türrahmen lehnt ein Mann.
- Hallo, ich bin Etienne Tacke.
Er hat eine Tüte Chips in der Hand.
- Darf ich dir ein Chips anbieten?
Huch winkelt die Arme an.
- Nein danke, lieber nicht.
Tacke spreizt die Finger.
- Es sind aber sehr feine Chips. Alle reißen sich
darum.
Eine Frau stürmt über die Straße.
- Hallo, ich bin Wilma Hänfling.
Sie trägt einen weiten Kapuzenmantel mit be-
stickter Mütze.
- Ich bin sicher dankbar für deine Chips.
Sie reißt ihm die Tüte aus der Hand, läuft weg.
- Nichts für ungut!
Tacke beißt die Zähne heftig zusammen.
- Das scheint logisch. Ich stehe so da, strecke den
Arm mit der Tüte aus. Schon ist sie weg.
Ein Mann fährt in einem rosa Cadillac vor.
- Hallo, ich bin Gianluca Reid.
Er trägt eine Topffrisur und Schlotterhosen.

- Darf ich euch zum nächsten Cola-Automaten führen?

Tacke steigt ein.

- Ja, ich hatte riesigen Stress und muss unbedingt etwas trinken.

Die Elefantenband

Der See leuchtet türkisfarben in der Bucht. Die Ruine eines pinkfarbenen Hotels verrottet am rosa Strand. Um den verfallenen Bau flattern Tauben. In der Luft liegt Rosenduft. Huch geht barfuß über den feinen Sand, betrachtet das kristallklare Wasser.

Eine Frau schreitet langsam auf ihn zu.

- Hallo, ich bin Almira Watson.

Sie trägt eine bestickte Samtjacke und eine seidenglänzende Pluderhose. Mit beiden Händen hält sie eine Glasschale.

- Siehst du etwas Besonderes an dieser Schale?

Huch breitet die Arme aus.

- Vielleicht hat sie einen besonderen Klang.

Almira hat ein Lächeln auf den Lippen.

- Das kannst du sehen?

Er wirft einen zweiten Blick auf die Schale.

- Also, es könnte ja sein. Ich vermute es.

Ein Mann stapft durch den Sand.

- Hallo, ich bin Melvin Resch.

Er trägt ein T-Shirt und eine kurze Hose, hat einen Geigenbogen in der Hand.

- Zieh den Bogen einmal über die Glasschale.

Huch leckt die Lippen.

- Hast du nicht Lust, es selber zu tun?

Resch drückt ihm den Bogen in die Hand.

- Ich höre wahnsinnig gern Musik. Aber selber würde ich nie spielen.

Almira stellt die Schale in den Sand.

- Weißt du, welcher Geigenbogen der beste ist?

Huch legt den Finger aufs Bogenhaar.

- Nein, da müsst ich mich erkundigen.

Sie tritt ihm auf die Zehen.

- Es ist immer der Bogen, den du in der Hand hältst. Darum fang gleich an zu spielen.

Er bietet ihr den Bogen an.

- Du darfst ihn gern haben.

Almira senkt die Wimpern.

- Nein, ich halte es mit der Musik wie Melvin: Hören tu ich sie gern. Selber spielen käme mir nie in den Sinn.

Resch wischt ein Sandkorn von der Schale.

- Es ist einfach. Du streichst mit dem Bogen über den Schalenrand.

Huch kauert vor der Schale.

- Wenn es dem Glas nur nicht schadet.

Er streicht das Bogenhaar vorsichtig über den Rand. Die Schale beginnt, glasharfenartig zu singen.

- Gefällt euch der Klang?

Almira klatscht Beifall.

- Du bist der beste Spieler, den ich je gehört habe.

Sie zeigt auf ein halbzerfallenes Haus.

- Zu Hause habe ich ein Smartphone. Damit können wir das Stück aufnehmen.

Huch richtet sich auf.

- Das ist doch kein Stück. Ich habe nur einen Strich gespielt.

Resch hält den Kopf hoch.

- Du spielst eben gegen den Strich. Das ist das Besondere.

Die Wellen brechen sich am Strand.

Almira hebt die Schale auf.

- Gehen wir.

Resch nimmt Huch den Bogen ab.

- Ich trage ihn gern für dich.

Auf dem Weg zum halbzerfallenen Haus winkt sie eine Frau zu sich heran.

- Hallo, ich bin Dina Hack.

Sie trägt einen Rock und dünne Strumpfhosen.

- Ich würde gern schwimmen lernen. Wer kann es mir zeigen?

Almira legt die Schale und die Kleider ab, watet ins brusttiefe Wasser.

- Ich zeige es dir gern.

Resch zieht sich aus.

- Komm mit uns ins Wasser. Wir bringen es dir bei.

Dina hängt sich bei Huch ein.

- Was ist mit dir?

Er zieht die Brauen hoch.

- Almira und Melvin kennen den See bestimmt besser als ich. Ich muss mich erst ein bisschen umsehen.

Sie saugt die Luft tief durch die Nase ein.

- Du musst ja nur wissen, wie man schwimmt.

Huch streicht eine widerspenstige Haarsträhne aus der Stirn.

- Das stimmt. Aber die beiden sind bereits im Wasser.

Almira guckt neugierig.

- Was ist? Kommt ihr?

Dina stößt Huch an.

- Hörst du? – Du bist auch eingeladen.

Er hält einen Fuß ins Wasser.

- Die Temperatur ist angenehm.

Sie streift die Kleider ab.

- Ich würde das Schwimmen am liebsten von dir lernen.

Reschs Stimme kippt leicht über.

- Und was ist mit mir? - Ich bin extra für dich ins Wasser gesprungen.

Dinas Pupillen wandern hin und her.

- Du bist sehr freundlich.

Sie watet in den See hinaus, dreht sich nach Huch um.

- Vielleicht kommst du etwa später?

Er stutzt bei dieser Frage einen Moment lang.

- Ja, das wäre möglich.

Er spaziert durch die Bucht.

Ein Mann spannt eine Hängematte im Schatten auf.

- Hallo, ich bin Rocco Brink.

Er trägt eine ausgebleichte Hose.

- Ich suche einen Brief in einem karibikblauen Umschlag. Vielleicht hat ihn der Wind fortgeblasen.

Huch streckt die Arme hoch.

- Leider habe ich ihn nicht gesehen.

Eine Frau stiebt über den Strand.

- Hallo, ich bin Ines Mauch.

Ihre kunstlederne Handtasche glänzt in der Sonne.

- Ich habe einen blauen Umschlag gefunden.

Sie öffnet die Tasche.

- Er ist aber nicht mehr richtig karibikblau, sondern eher etwas verschossen.

Brink legt sich in die Hängematte.

- Das macht fast gar nichts. Öffne das Couvert.

Ines hebt schnippisch die Augenbraue.

- Aber der Brief ist nicht an mich adressiert.

Er sieht den Wellen zu.

- Gewöhn dir ab, Adressen anzuschauen, und das Problem ist weg.

Sie kramt in der Handtasche.

- Zu dumm, ich habe keinen Brieföffner.

Ein Mann schlendert den Strand hoch.

- Hallo, ich bin Arno Gill.

Er trägt eine gefütterte Lammfellweste, hat einen Brieföffner in der Hand.

- Darf ich den Brief aufmachen?

Brink liegt mit gespreizten Schenkeln in der Hängematte.

- Du kommst genau im rechten Moment. Das nenne ich prompt.

Gill schlitzt den Brief auf.

- Ich bin sehr froh. Die ganze Zeit irrte ich am Strand umher und fragte mich: Was mache ich mit einem Brieföffner ohne Brief?

Er zieht einen Zettel aus dem Umschlag, reicht ihn Huch.

- Möchtest du ihn lesen?

Huch steuert den Blick zu Ines.

- Du hast den Brief gefunden.

Sie studiert den Zettel mit offenem Mund und halbgeschlossenen Augen.

- Das ist eine neunstellige Zahl.

Brink rutscht von der Hängematte, wendet sich an Huch.

- Weißt du, wo neunstellige Zahlen vorkommen?

Huch schiebt die Unterlippe vor.

- Das könnte die Seriennummer von einem Steinway-Konzertflügel sein.

Eine Frau ruft mit glockenheller Stimme.

- Hallo, ich bin Maxima Munk.

Ihre linke Hand steckt in einem magnolienweißen Handschuh, die rechte ist entblößt.

- Darf ich mir die Nummer ansehen?

Ines reicht ihr den Zettel.

- Ich dachte, es sei eine Telefonnummer.

Maxima stößt Huch in die Rippen.

- Du hast Recht! Das ist eine Seriennummer.

Sie tanzt über den Strand.

- Ich weiß, wo der Steinway ist.

Ihre Füße versinken im feinen Sand.

- Leider liegt er im See.

Gill hält die Hand locker flatternd in die Luft.

- Wieso sagst du: leider?

Maximas Nasenflügel beben.

- Unter Wasser wird wohl kaum jemand darauf spielen wollen.

Brink winkelt den Arm an.

- Wir müssen ihn bergen.

Ines sieht ihn betreten an.

- So ein Flügel ist bestimmt 500 Kilo schwer.

Aus einem leerstehenden Fabrikgelände klingt Musik. Maxima, Ines, Gill, Brink und Huch gehen zu einer Halle mit geborstenen Fensterscheiben. Dort spielen 4 Elefanten Xylophon, Trompete, Marimba und Schlagzeug.

Sie halten inne.

Gill zappelt nervös um die Elefanten herum.

- Könnt ihr einen Konzertflügel aus dem Wasser holen?

Der kleinste Elefant hebt den Rüssel.

- Ja, das können wir.

Die Elefanten trotten zum See hinunter, springen ins Wasser und tauchen. In geschlossener Formation, den Steinway auf dem Rücken, steigen sie aus dem See. Vorsichtig lassen sie ihn am Ufer nieder. Dann kehren sie zur Halle zurück.

Der kleinste Elefant dreht sich um die eigene Achse.

- Es ist wunderbares Wetter, nicht wahr?

Das Popcorn und die Vögel

Auf umgestürzten Bäumen wuchern blaugrüne Flechten. Huch erkundet den wilden Wald, gelangt zu einem rauschenden Wasserfall.

Eine Frau watet durchs Felsenbecken, in welchem die Blütenblätter der wilden Rosen tanzen.

- Hallo, ich bin Theda Wendler.

Sie trägt eine große runde Sonnenbrille.

- Hast du einen Geigenkasten gesehen?

Huch blickt ins Felsenbecken.

- Nein, leider nicht.

Theda schiebt das rechte Bein etwas nach vorn.

- Es muss dir nicht leid tun. Ich kann gar nicht Geige spielen. Von daher ist es kein riesiger Verlust.

Ein Mann kommt mit trippelndem Gang den Felsenweg hoch.

- Hallo, ich bin Giuseppe Simao.

Er trägt ein frisches Hemd, hat den Geigenkasten in der Hand.

- Ich habe ihn im Bergbach gefunden.

Ihr Blick tastet den Kasten ab.

- Wie sieht die Geige aus? Ist ihr etwas passiert?

Simao öffnet den Kasten.

- Ich weiß es nicht, aber wir können nachschauen.

Er nimmt die Geige heraus.

- Mehr oder weniger ist sie trocken geblieben.

Theda atmet tief durch.

- Verstehst du etwas von Geigen?

Simao wirft einen Blick auf sich selbst.

- Ich höre noch ganz gern Geigenmusik, habe aber zum ersten Mal eine Geige in der Hand.

Sie legt die Hand aufs Huch Schulter.

- Und wie steht es mit dir? Kannst du Geige spielen?

Er blickt vor sich hin.

- Jeder Mensch kann jedes Instrument spielen.

Theda hat den Anflug eines Lächelns.

- Ohne zu üben?

Huch hält die Luft an und legt ein paar Schweigesekunden ein.

- Ja sicher. Die Instrumente sind doch so gebaut, dass wir mit ihnen Klänge, Geräusche und Töne erzeugen können.

Sie klaubt den Bogen aus dem Kasten.

- Dann musst du uns unbedingt etwas vorspielen.

Huch hält sich die Hand vor den Mund.

- Wieso ich? – Ihr habt die Geige und den Bogen. Spielt etwas.

Simao gibt ihm die Geige.

- Das würde ich nie wagen.

Theda reicht Huch den Bogen.

- Ich auch nicht.

Lächelnd streicht Huch über die Saiten der Violine.

- Warum nicht?

Simao spricht mit leiser, leicht heiserer Stimme.

- Ich glaube nicht, dass ich das könnte.

Huchs Finger tanzen in Windeseile über den Steg.

- Wieso? – Du kannst doch den Bogen streichen und die Finger bewegen. Schon sprudeln die Töne.

Theda stockt, überlegt einen Moment.

- Du hast uns an der Nase herumgeführt. Du spielst richtig virtuos.

Sie wendet sich an Simao.

- Denkst du auch, was ich denke?

Er breitet die Hände auf Bauchhöhe aus.

- Ja, wir sollten ein Konzert organisieren.

Theda will sich auf einen Felsbrocken niederlassen, springt wieder auf.

- Wir brauchen Stühle.

Simao legt die Hand auf Huchs Unterarm.

- Warte hier, bis wir zurück sind.

Theda lehnt sich ihm entgegen.

- Wir holen ein paar Campingstühle.

Huch setzt die Geige ab.

- Ich finde die Idee mit dem Konzert gut, habe aber vor, die Landschaft zu erkunden.

Simao streckt den Daumen nach oben.

- Das ist für uns in Ordnung. Spaziere ein bisschen herum, bis wir so weit sind.

Er läuft mit Theda davon.

Huch legt die Geige und den Bogen in den Kasten zurück, folgt dem Bergbach. Das Wasser rauscht tosend über Felsstufen.

Eine Frau malt mit Pinsel und paprikaroter Farbe ein Stoppschild an einen Felsen.

- Hallo, ich bin Tia Pieper.

Sie trägt ein goldenes Kleid und eine rebenschwarze Perücke.

- Dieses Schild bedeutet, dass du anhalten musst.

Huch lehnt sich gemütlich an den Fels.

- Halte ich richtig an?

Tia antwortet halb ratlos, halb belustigt.

- Anhalten allein genügt nicht. Du solltest eine Pause einlegen.

Er zieht eine Augenbraue in die Höhe.

- Aber ich bin doch gar nicht müde.

Sie lächelt gequält.

- Vielleicht bist du nur zu müde um zu merken, dass du müde bist.

Huch lässt die Arme von der schiefen Schulter hängen.

- Irgendwie würde es mir doch auffallen. Meine Beine könnten mir tonnenschwer vorkommen. Oder ich müsste andauernd gähnen.

Ein Roboter kraxelt den Felsen hinauf.

- Hallo, ich bin Jari Zack.

Er schimmert hell wie Dosenblech, hat auf dem Kopf einen hutartigen Deckel.

- Braucht ihr etwas zum Entspannen?

Tia atmet tief ein.

- Du kommst genau im rechten Moment. Wir möchten eine Pause machen, sind aber nicht so richtig motiviert, weil wir uns nicht müde fühlen.

Zack springt auf einen Felsbrocken.

- Macht euch keine Sorgen. Ich bin so programmiert, dass ich euch verstehe. Wenn ihr sagt: Ich bin überhaupt nicht müde - dann seid ihr müde.

Huch schlenkert mit den Armen.

- Und wie bin ich, wenn ich sage: Ich bin müde?

Zack streckt die Hände aus.

- Dann bist du nicht müde.

Huch legt gelassen die Hände übereinander.

- Wie kommst du darauf?

Zack bewegt sich in Trippelschritten.

- Wenn du nämlich sagst: Ich bin müde – dann willst du etwas unternehmen, eine Reise, Ferien, Sport. Ich habe genau das Richtige für dich.

Tia lächelt unbeschwert.

- Ist Jari Zack nicht ein wunderbarer Roboter?

Huch atmet mit einem kräftigen und tiefen Zug den Brustkorb empor.

- Wir werden sehen.

Zack führt sie in die Ebene hinunter.

- Es ist unmöglich, dass ihr meinem Angebot widerstehen könnt.

Der Wind fegt durchs Areal einer stillgelegten Fabrik. Die alten Hallen stehen leer. Eine Scheibe ist eingeschlagen. Löwenmäuler blühen zwischen den Pflastersteinen.

Zack tritt in eine Halle.

- Ich denke, ihr braucht eine Entspannung.

Eine Frau macht eine einladende Handbewegung.

- Hallo, ich bin Andrea Russo.

Sie trägt eine Engelsrobe mit 2 Flügeln.

- Gefallen euch Ballons?

Tia schlägt die Hände vor das Gesicht.

- Ja, sehr. Sie gleichen sich wie ein Ei dem andern. Das macht sie so beruhigend.
Andrea stützt die Hände in die Hüfte.
- Hast du eine Lieblingsfarbe?
Tia breitet mit leicht durchgebeugtem Knie die Arme aus.
- Meine Lieblingsfarbe ist engelsweiß.
Andrea hält sich zwar verschämt die Hand vor den Mund, kann aber gar nicht mehr aufhören zu kichern.
- Ihr werdet euch super gut fühlen.
Zack drückt auf einen Knopf an seiner Brust.
- Ich aktiviere die Produktion.
Er beginnt zu surren und leicht zu vibrieren.
- Erschreckt nicht. Ich öffne jetzt meinen Kopf.
Er klappt den hutartigen Deckel auf.
- Ich starte die Produktion.
Ein Ballon steigt aus dem Deckel, bläht sich auf, steigt auf, gefolgt vom nächsten. In schwindelerregender Geschwindigkeit blubbern Ballons aus seinem Kopf, wie Seifenblasen aus einem Blasring. Wolkenartig ballen sich die Ballons an der Decke.
Huch zieht sich zum Halleneingang zurück.
- Wollt ihr wirklich die ganze Halle füllen?
Zack reibt sich die Hände.
- Das ist nur eine Frage der Zeit.
Andrea lacht, es ist ein zartes Gurgeln.
- Hab keine Angst. Auch wenn dich die Ballons von allen Seiten umgeben, kannst du dich immer noch frei bewegen, sogar leichter als im Wasser.

Tia streckt die Arme aus.

- Ich kann es kaum erwarten, ganz in den Ballons zu sein.

Ein Ruck geht durch die Halle.

Huch krümmt den Rücken wie ein Fragezeichen.

- Was ist das?

Andrea blickt ihm freundlich ins Gesicht.

- Die Halle hebt ab. Wir fliegen.

Im letzten Moment springt Huch ab, landet mit federnden Knien auf den Pflastersteinen. Er hebt den Kopf, sieht zu, wie die wackelige Halle aufsteigt und sich im tiefblauen Himmel verliert, schreitet über eine ungenutzte Brachfläche, gerät auf einen weitläufigen Parkplatz.

Aus einem Bushaltestellenhäuschen kommt ein Mann.

- Hallo, ich bin Aurelio Branco.

Er hat eine hohe Stirn und einen Lausbubenblick, trägt eine Tüte Popcorn.

- Magst du Popcorn?

Huch schaut ihm in die Augen.

- Ja, ich mag Popcorn.

Branco öffnet die Tüte.

- Du hast die Wahl zwischen Popcorn und Popcorn.

Huch beugt den Kopf.

- Dankeschön, im Moment möchte ich noch nicht essen.

Branco schließt die Tüte.

- Die Vögel kommen extra hierher, um von meinem Popcorn zu essen.

Huch schüttelt verwundert den Kopf.
- Das ist möglich, aber ich bin kein Vogel.

Die Bäume rücken vor

Ein dunkelroter Falter schwebt umher. Huch folgt ihm, kommt vom Schotterweg ab.

Eine Frau klettert von einem Baum herab.

- Hallo, ich bin Clarissa Dini.

Sie trägt Jeans und eine marineblaue Tunika.

- Möchtest du mit meinem Anrufbeantworter sprechen?

Er lächelt in sich hinein.

- Wie stellst du dir das vor?

Clarisse klaubt ihr Smartphone aus der Tasche.

- Ich habe für meinen Anrufbeantworter eine eigene Nummer einrichten lassen. Das macht viel Freude. Auf einer Nummer erreichst du mich, auf der andern nur den Anrufbeantworter.

Huch schaut sie fragend an.

- Und was macht dir daran Freude?

Sie wirft das Haar in den Nacken.

- Wenn ich es will, reden die Leute nur mit dem Anrufbeantworter. Er geht sehr liebevoll auf sie ein. Ich könnte stundenlang die Gespräche abhören.

Sie reicht ihm das Smartphone.

- Wähle die oberste Nummer. Du wirst staunen.

Er tippt auf die Nummer.

- Warum willst du, dass ich mit ihm spreche?

Ein Mann tritt ruhig und gelassen auf.

- Hallo, ich bin Janek Buck.

Er trägt einen großen Anorak, in dem er wie in einem Schlafsack versinkt.

- Ich bin Clarissa Dinis persönlicher Anrufbeantworter.

Huch schlägt die Hand vor den Mund.

- Ich hätte nie erwartet, dass du persönlich vorbeikommst. Ich dachte, du würdest dich am Telefon melden.

Buck spreizt die Arme ab.

- Nein, ich komme immer persönlich. Was hast du für eine Nachricht? Was möchtest du Clarissa mitteilen?

Huch kommt ins Stammeln.

- Ich habe auf ihren Wunsch die Nummer gewählt und mir noch gar keine Nachricht ausgedacht.

Buck spreizt die Finger ab wie kleine Flügelchen.

- Das ist kein Problem. Ich denke gern eine Nachricht für dich aus.

Huch reißt die Hände hoch.

- Aber du stehst doch in Clarissas Dienst.

Buck legt die Arme eng an den Körper.

- Ja, das ist ganz in ihrem Sinn, wenn ich dir helfe, ein paar Worte oder einen ganzen Satz für sie zu erfinden. Möchtest du Kontakt aufnehmen?

Huch dreht schräg und unsicher die Schulter.

- Mit Clarissa?

Buck zwinkert spitzbübisch.

- Ja, das ist eine gute Idee.

Huch reißt erstaunt die Augen auf.

- Sie steht doch neben mir. Wieso sollte ich mit dir reden, um mit ihr Kontakt aufzunehmen?

Buck spricht mit unbeweglicher Miene.

- Weil ich ihr Anrufbeantworter bin.

Huch gibt Clarissa das Smartphone zurück.

- Vielleicht unterhältst du dich lieber selber mit deinem Anrufbeantworter.

Sie setzt ein breites Lächeln auf.

- Nein, ich höre euch gern zu. Du machst das sehr gut. Niemand will eigentlich mit dem Anrufbeantworter sprechen. Aber man bleibt trotzdem dran, weil man hofft, die unerreichbare Person zu erreichen.

Er senkt den Blick.

- Das verstehe ich nicht. Du stehst neben mir, und ich erreiche dich direkt.

Buck tippt sich einmal an die Stirn.

- Bleib cool. Wir sind eben Clowns, haben uns nur noch nicht geschminkt.

Clarissa geht zu einer Hecke.

- Komm mit.

Sie duckt und verbiegt sich, um durchs Dickicht zu dringen.

- Wenn ich eine rote Nase aufsetze, wird es lustig.

Buck hält die Zweige auseinander.

- Der Weg ist ein bisschen verwachsen. Das soll kein Hindernis für dich sein.

Huch schlüpft durch die Hecke.

- Wohin gehen wir?

Clarisse geht voran.

- In die verlassene Stadt.

Hallen und Läden, Hochhäuser und Villen stehen leer.

Eine Frau winkt aus einem Straßencafé.

- Hallo, ich bin Nelia Artmann.

Sie trägt ein rosafarbenes, hochgeschlossenes Kleid.

- Wollt ihr euch weiß schminken?

Clarissa setzt sich an den runden Gartentisch, auf dem Töpfchen mit weißer Schminke und kleine Handspiegel liegen.

- Darf ich mich bedienen?

Nelia schlägt die Augen nieder.

- Natürlich. Oder möchtest du, dass ich dich schminke?

Clarissa schraubt ein Töpfchen auf.

- Dankeschön für das Angebot. Ich mache es lieber selber.

Buck rückt einen Stuhl.

- Mich musst du nicht zweimal fragen.

Er nimmt Platz.

- Ich bin Clarissas Anrufbeantworter und mag es, geschminkt zu sein.

Nelia steht auf, stellt sich hinter ihn.

- Das freut mich. Lehne den Kopf weit zurück.

Sie schenkt Huch einen absichtslosen Blick.

- Setz dich. Möchtest du auch geschminkt werden?

Er schließt die Augen.

- Das könnte mir auch einmal gefallen. Im Moment sehe ich mir die Landschaft an.

Nelias rechte Augenbraue geht hoch.

- Gut! Mach einen kleinen Rundgang. Bis dann ist Clarissas Anrufbeantworter fertig geschminkt.

Huch spaziert durch die verlassene Stadt. Die Häuser auf beiden Seiten der Straße stehen leer. Bäume mit weiten Kronen beschatten eine Kreuzung.

Ein Mann biegt um die Ecke.

- Hallo, ich bin Mason Brick.

Er trägt einen Verstärkerkoffer mit Lautsprecher und ein Mikrofon auf einem langen Ständer.

- Hast du auch schon einmal in ein Mikrofon gesungen?

Huch tritt näher heran.

- Nein, ich singe eigentlich nur für mich selber, und da brauche ich kein Mikrofon.

Brick stellt den Koffer ab, versucht, den schiefen Ständer ins Lot zu bringen.

- Bei den Beinen muss eine Schraube locker sein. Oder ein Scharnier ist verklemmt.

Huch weist auf die Straße.

- Sie geht bergab. Vielleicht ist einfach die Straße schief.

Brick schließt das Mikrofon an den Verstärker.

- Ich bewundere dich. Du hast auf den ersten Blick das Problem erkannt.

Huch fährt sich mit der Hand durchs Haar.

- Ich bitte dich. Das kann jeder Mensch sehen.

Brick richtet das Mikrofon auf der Höhe von Huchs Mund ein.

- Sehen schon, aber man muss es auch verstehen.

Er winkt freundlich.

- Machst du den Soundcheck?

Huch schaut gebannt auf das Mikrofon.

- Das kannst du sicher besser als ich.

Eine Frau blickt neugierig um die Ecke.

- Hallo, ich bin Scarlett Andenmatten.

Sie hat den Kragen offen und eine Wuschelfrisur.

- Darf ich dir helfen?

Huch legt die rechte Hand auf die Wange.

- Gern.

Er entfernt sich vom Mikrofon.

- Es nimmt mich wunder, wie du den Sound checkst.

Scarlett legt ihre Hand auf seine.

- Du hast mich missverstanden.

Sie schiebt ihn vors Mikrofon zurück.

- Du machst den Check, und ich gebe dir Tipps.

Huch öffnet die Beine leicht.

- Soll ich auf 10 zählen oder eine bestimmtes Wort wiederholen?

Scarlett beugt sich leicht nach vorn.

- Sag einfach: Check, Check, Soundcheck.

Er blickt skeptisch aufs Mikrofon.

- Check, Check, Soundcheck.

Seine Stimme klingt laut aus dem Lautsprecher.

- Ist das gut?

Das Echo hallt aus den Bäumen mit den weiten Kronen.

Brick fingert an den Knöpfen des Verstärkers.

- Du hast genau die richtige Stimme für diese Anlage. Fang an!

Huch reckt den Kopf in die Höhe.

- Womit soll ich anfangen?

Scarlett wedelt mit den Augen.

- Sing ein Lied.

Er wippt von einem Bein aufs andere.

- Ich singe die Kurzfassung von Mozarts Katzen-duett: Miau.

Er singt und miaut. Die Bäume mit den weiten Kronen, ziehen die Wurzeln aus der Erde, rücken näher heran, verstellen die Kreuzung.

Brick reckt schützend die Arme über den Kopf.

- Wenn du singst, bewegst du die Bäume.

Scarlett stößt Huch mit dem Ellbogen in die Rip-pen.

- Das müssen wir unbedingt filmen.

Sie läuft weg.

- Warte eine Sekunde, ich hole die Kamera.

Brick springt mit weit ausgestreckten Beinen wie ein Flugkörper davon.

- Ich hole einen größeren Lautsprecher, bin gleich zurück.

Huch betrachtet die Bäume. Sie bilden mitten auf der Kreuzung eine geschlossene Gruppe, ein riesiges Baumhaus mit 4 Stämmen.

Ein Mann kommt mit stolz geducktem Gang.

- Hallo, ich bin Josua Woodbury.

Er trägt Basecap, Brille und Stoffhose.

- Die Bäume sind mir im Weg.

Huch neigt den Kopf zur Seite.

- Du kannst ja nach links ausweichen.

Woodbury schließt halb die Augen.

- Links ist nicht so meine Richtung.

Ein Lächeln huscht über Huchs Mund.

- Dann geh halt rechts rum.

Endlich ist das Geheimnis gelüftet

Ein verschlungener Weg führt durch den Auenwald. Über Felsbrocken rauscht ein Bach. Farn umwächst das Ufer. Sträucher lassen die Äste ins Wasser hängen. Huch tappt über eine schwankende Hängebrücke zwischen Baumriesen. Unter dem geschlossenen Blätterdach ist es dunkel. Nur in scharfen Streifen fällt das grelle Sonnenlicht ein.

Eine Frau springt lässig von einer Steinplatte.

- Hallo, ich bin Tarja Cover.

Sie trägt eine seidene Haremshose.

- Suchst du einen Schatz?

Huch hält inne.

- Nein, ich spaziere.

Eine Schlange kriecht unter der Steinplatte hervor.

Huch dreht die Fußspitzen leicht nach außen. Die Schlange richtet sich auf, faucht.

Tarja sieht ihn nachdenklich an.

- Hast du Angst?

Er richtet die Augen auf die Schlange.

- Ich habe Respekt.

Ihr Oberkörper wippt vor und zurück.

- Hast du Respekt, weil du Angst hast?

Huch lässt die Schulter runterfallen.

- Nein, ich begegne allen Lebewesen mit Respekt.

Ein Lächeln schleicht sich in ihr Gesicht.

- Mir auch?

Die Schlange schlängelt an seinem Fuß vorbei zu den Wurzeln des Baumriesen.

Huch senkt den Blick.

- Sag du es mir. Begegne ich dir mit Respekt?

Tarja legt einen Arm lässig über die Steinplatte.

- Das schon, aber du könntest doch auch einen Schatz suchen.

Eine Spinne lässt sich an einem langen Faden vom Baum herab, haarscharf an Huchs Nase vorbei.

Tarja hebt den Kopf.

- Hast du Angst vor Spinnen?

Er öffnet staunend den Mund.

- Warum fragst du immer das Gleiche?

Sie klimpert mit den Wimpern.

- Eine Schatzsuche erfordert etwas Mut.

Huch schaut der Spinne nach.

- Alles im Leben braucht Mut.

Tarja deutet auf den Baumwipfel.

- Könntest du hinaufklettern? Oder hast du Angst vor der Höhe?

Er dreht die Hand um die Armachse.

- So hoch oben im Wipfel würde ich mich sicher ganz vorsichtig bewegen. Aber ich müsste schon hinaufsteigen, um herauszufinden, wie es wirklich ist.

Sie führt ihn um einen Teich herum in einen Blumengarten vor ein Haus, das wie ein großer Falter aussieht. Das Dach ist aus 2 riesigen und bunt angemalten Schmetterlingsflügeln gefügt.

Ein Mann sitzt an einem Gartentisch vor einer goldenen Handglocke.

- Hallo, ich bin Santino Hari.

Er trägt einen grasgrünen Mantel und Hut.

- Was kann ich für euch tun?

Tarja deutet mit einem Nicken auf Huch.

- Er sucht einen Schatz.

Hari bekommt glänzende Augen.

- Du bist sicher sehr mutig und wissend.

Huch senkt den Kopf.

- Nein, ich bin neu in der Landschaft und muss mich erst mal umsehen.

Hari heftet seine Augen an sein Gesicht.

- Kannst du mit der Gabel essen?

Huch biegt die Finger nacheinander ein.

- Ob ich mit der Gabel essen kann? – Ja, das kann ich.

Hari springt in die Höhe.

- Kannst du es mir auch zeigen?

Huch zieht die Unterlippe ein.

- Warum denn?

Hari streckt die Nase nach vorn.

- Ich kann nicht mit der Gabel essen und würde es gern lernen.

Er klingelt mit der Handglocke.

Eine Frau eilt herbei.

- Hallo, ich bin Emilija Zach.

Sie trägt einen apfelgrünen Rock und eine mineralschwarze Bluse.

- Ich höre die Glocke. Das ist genau das, was ich will.

Hari lehnt sich ein wenig vor.

- Hol bitte eine Ananas.

Sie eilt ins Haus.

- Ich liebe Ananas.

Tarja steht von einem Bein aufs andere.

- Weißt du etwas über einen Schatz?

Hari sieht sie aus großen Augen an.

- Ich kümmere mich später darum. Jetzt sitze ich auf dem Stuhl und warte auf die Ananas.

Emilija kehrt mit einem Tablett zurück, bringt ein Schneidebrett, Messer, Teller und Gabeln.

- Du musst doch nicht warten.

Sie legt die Frucht aufs Schneidebrett.

- Es gibt keine Ananas ohne grüne Blätter.

Tarja stellt sich neben sie.

- Darf ich sie abschneiden?

Emilija weicht zur Seite.

- Etwas Bewegung wird dir gut tun.

Tarja schneidet die Blätter mit dem Messer ab.

- Und was ist mit dem Strunk?

Hari erhebt sich aus dem bequemen Gartenstuhl.

- Vielleicht wäre ich bereit zu helfen.

Er nimmt Tarja das Messer ab, entfernt den Strunk, stellt die Ananas hochkant aufs Brett, blickt Huch an.

- Jetzt bist du an der Reihe.

Huch schlägt die Lider nieder.

- Es könnte nicht schaden, die Schale anzusehen.

Emilija lässt sich das Messer geben.

- Wir sind ein Team mit richtig guten Spielern.

Sie schneidet die Schale ab.

- Ich kann das mit links.

Tarja bittet um das Messer.

- Wie viele Scheiben soll ich schneiden?

Hari schnippt mit den Fingern.

- Wir mögen sicher die ganze Frucht.

Er wartet, bis sie die Scheiben geschnitten hat.

- Gib mir bitte das Messer. Ich schneide Würfel.

Emilija verteilt die Stücke auf die Teller, legt goldene Gabeln dazu.

- Setzen wir uns doch.

Tarja fordert Huch mit einer einladenden Handbewegung auf.

- Das ist der rechte Moment, wo du Santino zeigen kannst, wie man mit der Gabel isst.

Emilija wählt den Stuhl neben Huch.

- Santino hat großes Vertrauen in dich.

Huch nimmt Platz, nachdem sich alle gesetzt haben.

- Also, ich nehme die Gabel.

Er steckt die Zinken in einen Ananaswürfel.

- Dann spieße ich ein Stück auf und schiebe es in den Mund.

Hari verfolgt gebannt jede seiner Bewegungen.

- Du hast an alles gedacht. Wenn ich dir zuschaue, sieht es ganz einfach aus.

Er führt auch mit der Gabel einen Ananaswürfel zum Mund.

- Es funktioniert wirklich.

Genussvoll streift er mit den Zähnen den Würfel von der Gabel.

- Du hast mir sehr geholfen.

Tarja klatscht.

- Du hast es geschafft. Nun kannst du uns verraten, wo der Schatz ist.

Hari zeigt mit der Gabel aufs Haus.

- Eine Holzleiter führt im Innern in den kleinen Estrich unter dem Dach.

Tarja traut den Ohren kaum.

- Dort ist der Schatz?

Emilijas Blick schweift nach links, bleibt am Dach hängen.

- Steigt nur hinauf.

Tarja läuft zur Eingangstür.

- Es ist mein Traum, den Schatz zu finden.

Hari wendet sich an Huch.

- Du hast mir das Essen mit der Gabel beigebracht. Der Schatz gehört dir.

Huch lächelt knapp.

- Ich möchte eigentlich nur die Landschaft erkunden und brauche keinen Schatz.

Emilija faltet die Hände vor dem Bauch.

- Geh doch einfach den Schatz anschauen.

Tarja steht unter der Tür.

- Kommst du?

Huch folgt ihr ins Haus.

- Wo ist die Leiter?

Sie dringt in den runden Wohnraum vor.

- Innen sieht das Haus wie ein Turm aus.

Die Leiter steht in der Mitte, führt durch runde Löcher in den Decken bis in den Dachboden hinauf.

Tarja klettert flink wie ein Eichhörnchen hinauf.

- Ohne Anstrengung erreichst du nichts.

Huch steigt ihr langsam nach.

- Ich finde es nicht besonders anstrengend, eine Leiter hochzuklettern.

Sie findet einen eingestaubten Karton auf dem Dachboden.

- Das könnte der Schatz sein.

Er schreitet den Estrich ab.

- Dann kannst du entspannt zurücklehnen. Du hast ihn gefunden.

Tarja bläst den Staub von der Schachtel, verschwindet in einer Staubwolke.

- Es schneit.

Huch entdeckt ein Dachfenster.

- Willst du es öffnen?

Sie stößt es auf.

- Ja. Mit soviel Staub habe ich nicht gerechnet.

Huch blickt mit leicht gesenktem Kopf den Karton an.

- Was glaubst du, was darin ist?

Tarja hebt den Deckel ab.

- Oh, es ist ein Glas selbstgemachter Marmelade.

Die Antwort steht auf der Rückseite

In einer minzgrünen Wiese teilt sich der Weg.
Huch räkelt sich wie eine Raubkatze.
- Links oder rechts, das ist hier die Frage.
Eine Frau eilt federnden Schrittes durchs Gras.
- Hallo, ich bin Mia Day.
Sie ist eine zierliche Frau mit graublauen Augen.
- Hast du Mühe, dich zu entscheiden?
Er winkt ab.
- Mühe wäre etwas zu viel gesagt.
Mias Augen sind in unruhiger Bewegung.
- Wärst du gern etwas entschlossener?
Huchs Blick schweift über die Wiese.
- Nein, es gefällt mir, innezuhalten und mir ver-
schiedene Wege vorzustellen.
Sie dreht ihr Gesicht nur ganz leicht zur Seite.
- Nun, ich hätte da ein Pulver.
Er verschränkt die Arme.
- Was für ein Pulver?
Mia kramt eine Tüte aus der Tasche.
- Es steigert deine Entschlossenheit enorm.
Ein Mann kommt zur Weggabelung.
- Hallo, ich bin Amar Pick.
Er hat kräftige Hände.
- Ich bin hoffnungslos unentschlossen. Soll ich
den linken Weg einschlagen? Oder doch lieber
den rechten?
Sie reißt die Tüte auf.

- Mach dir keine Gedanken. Alle Menschen sind unentschlossen. Dafür habe ich ja dieses Pulver.
Pick stützt das Kinn in die Hand.
- Wozu soll das gut sein?
Mia hält ihm die Tüte unter die Nase.
- Riech mal. Es hilft dir auf die Sprünge.
Er schnuppert.
- Es riecht angenehm.
Sie kramt einen Löffel aus der Tasche hervor.
- Ich habe an alles gedacht. Nimm einen Löffel voll.
Pick füllt den Löffel, schleckt ihn ab.
- Jetzt weiß ich, welchen Weg ich wähle. Ich gehe nach links.
Er gibt ihr den Löffel zurück und hüpft den linken Weg hinunter.
- Nie im Leben habe ich mich so schnell entscheiden können.
Mia fragt Huch mit funkelndem Grinsen.
- Was hältst du jetzt vom Pulver?
Er zuckt bedauernd mit den Schultern.
- Ich kann mich im Moment noch nicht entscheiden. Ich brauche etwas Zeit.
Sie schließt die Tüte.
- Ich könnte auch etwas Pulver in den Teig streuen und dir einen Kuchen backen.
Huch lässt die Arme baumeln.
- Ich habe Süßes nicht so gern.
Eine Frau fliegt in einer Wolke aus Pappe über die minzgrüne Wiese, landet bei der Weggabelung.

- Hallo, ich bin Hanna Ascona.

Sie trägt grünblaues Haar und eine Schulmädchenuniform.

- Was sagst du zu meinen Haaren?

Mia raschelt mit dem Papier der Tüte.

- Die Farbe gefällt mir.

Hanna springt aus der Wolke.

- Würdest du sie auch gern färben?

Mia moduliert die Stimme anders.

- Ja gern, wie hast das gemacht?

Hanna nimmt ihr die Tüte aus der Hand.

- Du wäschst die Haare mit deinem Pulver.

Mia legt eine Hand auf den Rücken.

- Das muss ich sofort ausprobieren.

Hanna legt den Zeigefinger an die Oberlippe.

- Dann laufen wir die Wiese hinunter und sehen zu, dass wir Wasser finden.

Sie guckt Huch an.

- Kommst du mit?

Er neigt den Oberkörper leicht nach vorn.

- Ja.

Mia tippt ihm auf die Schulter.

- Du könntest deine Haare auch färben.

Huch wirft den Kopf hin und her.

- Das könnte ich mir überlegen.

Hanna läuft voraus.

- Gib das Überlegen auf. Das dauert viel zu lang.

Sie streifen durch die Wiese, gelangen auf eine asphaltierte Serpentinenstraße. Hinter einer Biegung spritzt ein Mann mit einem schlangengrünen, kraftvoll geringelten Gartenschlauch Wasser auf seine Füße.

- Hallo, ich bin Francesco Mack.

Er hat rotblonde Haare.

- Zieht die Schuhe aus. Kühlt die Füße. Das tut gut bei der Hitze.

Mia streift die Ärmel hoch.

- Gib mir den Schlauch. Ich würde gern die Haare waschen.

Mack übergibt ihr den Schlauch.

- Ich könnte dir ein Becken holen.

Sie beugt den Kopf, lässt das Wasser über die Haare laufen.

- Nein danke, das brauche ich nicht.

Hanna breitet die Arme aus und knickst.

- Soll ich dir den Schlauch halten?

Mia reicht ihr den Schlauch.

- Das wäre sehr freundlich.

Sie fährt sich durch die Haare.

- Wie wenden wir nun das Pulver an?

Hanna gibt ihr die Tüte.

- Streu es in die Haare, massiere es ein.

Mia dreht ruckartig den Kopf weg, schaut Huch an.

- Streust du mir das Pulver ins Haar?

Er holt Luft.

- Vielleicht kann das jemand besser als ich.

Mack spannt die Lippen an.

- Ja, nämlich ich. Gib mir das Pulver.

Er lässt sich die Tüte geben, streut das Pulver bis aufs letzte Korn in ihr Haar, massiert es ein. Nicht nur ihre Haare, sondern auch seine Hände verfärben sich grünblau.

- Ich kann die Wirkung schon sehen.

Mia stellt sich auf die Zehenspitzen.

- Sehe ich nicht wie eine Alien aus?

Ein UFO landet auf der asphaltierten Serpentinenstraße. Es erinnert an ein verhülltes Karussell, ist aus Glühbirnen, Fellstücken, Blechdosen und einem kaputten Regenschirm zusammengesetzt.

Eine Frau schlägt die Luke zurück, steigt aus.

- Hallo, ich bin Emilia Dur.

Sie trägt ein Alien-Kostüm.

- Mein UFO steht euch offen. Steigt ein, zieht euch um. Ich habe genug Kostüme mitgebracht.

Mack lächelt schief.

- Da lasse ich mich nicht zweimal bitten.

Er läuft ins UFO.

- Ich wäre auch an einem Flug interessiert.

Emilias Blick streift Huch.

- Worauf wartest du?

Er hält sich die linke Hand an die Stirn.

- Ich möchte mich nicht vordrängen.

Hanna kneift ihn in den Arm.

- Ich schon. Ich kann es kaum erwarten, ein Alien-Kostüm zu tragen.

Sie folgt Mack ins UFO.

- Ich bin stolz, dabei zu sein.

Mia stößt die Luft aus, als würde sie sich einen Ruck geben.

- Ich hätte gern die Haare getrocknet. Hast du auch einen Alien-Föhn im UFO?

Emilia fordert sie durch eine Handbewegung auf, heranzukommen.

- Ohne Föhn würde ich nie starten.

Mia bewegt sich in großen Sprüngen ins UFO.

- Du bist gut eingerichtet.

Emilia streckt ihr den Arm entgegen.

- Ich bin glücklich, euch kennenzulernen.

Sie bindet Huch ein Glücksbändchen ums Handgelenk.

- Komm mit. Alle sind eingestiegen. Niemand kann jetzt behaupten, du würdest vorpreschen.

Er winkelt den Arm an.

- Was ist das für ein Bändchen?

Emilia geht zur Einstiegsluke.

- Es beschützt dich.

Huch hebt fragend die Brauen.

- Wovor soll es mich schützen?

Sie lässt die Schultern hängen.

- Dass du mich aus den Augen verlierst.

Er schenkt ihr mehrmals hintereinander einen Blick.

- Wie könnte das passieren?

Sie hält für ihn die Luke auf.

- Nun, gleich fliege ich mit meinen neuen Gästen ab.

Huch zieht die Nasenlöcher leicht zusammen.

- Ich habe noch nicht so viel von der Landschaft gesehen und erkunde sie zu Fuß.

Emilia springt ins UFO.

- Tut mir leid, ich kann nicht länger warten. Dann war es das wohl.

Sie schließt die Luke.

Huch nestelt am Glücksbändchen, dreht es immer wieder, während das UFO abhebt. Die Glühbirnen flackern. Die Fellstücke flattern. Die Blechdosen klappern, und der kaputte Regenschirm dreht sich. Immer leiser werden die Geräusche. Das UFO gewinnt rasch an Höhe, taucht ins strahlende Blau des Himmels ein.

Ein Mann stolziert über die asphaltierte Serpentinenstraße.

- Hallo, ich bin Raik Keizer.

Er trägt Sportkleider und eine Beige Karten. Er zieht eine heraus.

- Auf der Vorderseite ist die Frage, auf der Rückseite die Antwort gedruckt. Willst du mitspielen?

Huch dreht den Kopf.

- Was für eine Antwort steht auf der Rückseite?

Die Leiter ist ausgezogen

Der See schwappt bedächtig gegen das Ufer. Unter Huchs Sohlen knirscht der Sand. Das Licht ist hell. Er muss blinzeln. Im flachen Wasser kühlt er die Füße.

Eine Frau läuft über den Kiesstrand.

- Hallo, ich bin Marie Holden.

Sie trägt ein eidechsengrünes Kleid aus Tüll.

- Möchtest du eine weiße Giraffe sehen?

Huch stochert mit dem Fuß im Kies.

- Möchtest du sie auch sehen?

Marie kreuzt die Arme über der Brust.

- Ja, ich freue mich.

Er zieht die Sandalen an.

- Wo ist die Giraffe?

Ihr Blick flattert ins Leere.

- Das werden wir rauskriegen.

Ein Mann geht leicht vorgebeugt dem Strand entlang.

- Hallo, ich bin Arik Royce.

Er hat hochgebürstete Haare.

- Kommt mit! Ich zeige euch eine weiße Giraffe.

Royce führt sie in eine tief eingeschnittene Bucht.

- Wollt ihr mit mir da hineingehen?

Maries Hand wippt im Takt.

- Das ist mir egal, wohin wir gehen, wenn ich nur eine weiße Giraffe sehe.

Ein Bach stürzt über einen bemoosten Fels herab. Daneben senkt eine weiße Giraffe den langen Hals, trinkt Wasser aus dem See.

Eine Frau nähert sich mit großen Schritten.

- Hallo, ich bin Lina Conti.

Sie hat kurze dunkle Haare.

- Warum bemüht ihr euch, eine weiße Giraffe zu sehen?

Mila deutet auch Huch.

- Ich habe ihn gefragt, ob er eine sehen möchte.

Lina sieht Huch mit leuchtenden Augen an.

- Interessierst du dich auch für schwarze Giraffen?

Er holt Luft.

- Wie steht es um dein Interesse?

Sie schließt die Augen, öffnet halb die Lippen.

- Ich fände es wirklich toll, einer schwarzen Giraffe zu begegnen.

Royces Stimme klingt seltsam belustigt.

- Nun, wenn es nichts weiter ist, dann lauft mir einfach nach. Ich bringe euch gern zu einer schwarzen Giraffe.

Er schlägt einen Weg ein, der über den Fels mit dem Wasserfall ansteigt und aus der tief eingeschnittenen Bucht herausführt. Auf einer Wiese neben dem Strand weidet eine schwarze Giraffe.

- Verglichen mit der weißen Giraffe ist ihr Fell dunkel.

Huch sieht einen neonblauen Schmetterling.

- Wie wäre es, wenn wir ganz langsam zur Wiese gingen?

Marie blickt versonnen dem Schmetterling nach.

- Du bist ein Künstler.

Er richtet sich auf.

- Wie kommst du darauf?

Linas Stimme klingt verträumt.

- Marie hat Recht. Du interessierst dich für Schmetterlinge.

Huch muss laut lachen.

- Alle Menschen interessieren sich für Schmetterlinge.

Royce bewegt sich vorsichtigen Schrittes zur Wiese.

- So einen neonblauen Schmetterling habe ich noch nie gesehen. Wir brauchen eine Kamera.

Ein Roboter rollt heran.

- Hallo, ich bin Dante Hacke.

Er besitzt Arme, Hände, einen Kopf mit 2 Kameraaugen.

- Soll ich ein Bild oder einen Film vom Schmetterling aufnehmen?

Marie klappert mit den Lidern.

- Hast du genug Energie?

Hacke öffnet eine Klappe in der Bauchhöhe.

- Das Lämpchen leuchtet grün. Die Batterie ist voll geladen.

Royce winkelt die Arme an.

- Du strotzt vor Energie.

Hacke fährt los.

- Ich bin gleich zurück.

Die schwarze Giraffe hebt den Kopf, läuft weg. Der neonblaue Schmetterling fliegt auf, flattert davon. Hacke verfolgt ihn über einen schmalen Uferstreifen und außer Sichtweite.

Lina rennt los.

- Wir dürfen ihn nicht aus den Augen verlieren.

Marie holt sie ein.

- Wir müssen Dante einen neuen Befehl geben.

Sonst jagt er den Schmetterling bis ans Ende der Welt.

Royce spurtet hinterher.

- Alles, was wir bräuchten, wäre eine gute Fernsteuerung.

Huch tritt von einem Bein aufs andere.

- Ich würde mir gern den schmalen Uferstreifen genauer ansehen.

Er spaziert den Strand entlang, kommt zu einer Buche mit einem hohen Stamm und einer riesigen Krone.

Eine Frau steht auf der Terrasse ihres Baumhauses und winkt Huch mit einem Rosenstrauß.

- Hallo, ich bin Amelie Cornell.

Ihre Lippen im sonnengebräunten Gesicht sind rosa angemalt.

- Möchtest du einen Blumenstrauß?

Huch hebt leicht die Nase.

- Danke, so ein Blumenstrauß macht immer Freude. Aber im Moment bin ich gerade am Spazieren.

Sie hält die umgedrehte Hand schalenförmig hoch.

- Du kannst die Blumen doch mitnehmen.

Ein Mann kommt näher, lässt die Arme locker baumeln.

- Hallo, ich bin Kerim Knop.

Er trägt einen kalkweißen Anzug.

- Ich rieche Rosen.

Amelie hält sich die Hand vor den Mund.

- Du hast eine feine Nase.

Knop breitet die Arme aus.

- Ich suche landauf, landab Rosen.

Konzentriert starrt sie auf seine Lippen.

- Hoffentlich findest du ein paar.

Er rollt mit den Augen.

- Aber du hast doch.

Amelie spielt mit dem Strauß.

- Komm rauf und hol sie dir.

Knop legt die Hand an den Baumstamm.

- Hast du eine Strickleiter?

Sie schließt die Augen zu einem Spalt.

- Rosen, Strickleiter – möchtest du sonst noch was?

Eine Frau biegt zum Strand ab.

- Hallo, ich bin Clara Asbach.

Sie trägt gleißend weiße Handschuhe und eine Auszugsleiter aus Aluminium, geht auf Huch zu.

- Weißt du, was hier los ist?

Huch deutet auf Knop.

- Kerim möchte ins Baumhaus.

Sie legt die Leiter ab.

- Und was möchtest du?

Sein Blick verliert sich im See.

    Ich möchte die Landschaft anschauen.

Clara beugt sich vor.

- In dem Fall brauchst du keine Leiter.

Knop reißt die Arme hoch.

- Aber ich brauche eine Leiter.

Er bückt sich.

- Kann man das Ding ausziehen?

Sie spreizt die Finger.

- Oh, der Herr möchte etwas ausziehen.

Knop spannt den Rücken.

- Natürlich nur die Leiter, wenn es erlaubt ist.

Clara bricht in ein derartiges Lachen aus, das Amelie und Huch sofort ansteckt.

- Von mir aus darfst du die Leiter schon ausziehen. Aber an deiner Stelle würde ich zuerst fragen, ob du sie anstellen darfst.

Er tritt unter das Baumhaus.

- He, ich habe jetzt eine Leiter und komme rauf. Ist es recht?

Amelies Lachen quillt tief aus dem Brustkorb empor.

- Ja, stell dich nicht so an, sondern die Leiter und komm rauf.

Knop holt die Leiter, zieht sie aus, lehnt sie ans Terrassengeländer der Baumhütte.

- Etwas Anderes habe ich auch nicht vor.

Er klettert hinauf, schwingt sich übers Geländer.

- Da bin ich also.

Amelie gibt ihm den Rosenstrauß.

- Und da sind die Rosen.

Knop steckt die Nase in eine Blüte.

- Sie riecht wunderbar.

Amelie zieht sich ins Baumhaus zurück.

- Danke. Es freut mich, wenn sie dir gefallen.

Er lehnt gegen das Geländer.

- Was hast du weiter vor?

Amelie legt sich in die Hängematte.

- Ich schlafe.

Knop bleibt unter der Eingangstür stehen.

- Und was soll ich machen?

Sie schließt die Augen.

- Du kannst gehen.

Er steigt mit dem Rosenstrauß sorgfältig die Leiter hinunter.

- Habe ich etwas falsch gemacht?

Clara richtet den Blick ins Ungefähre.

- Nein, du hast die Leiter im richtigen Winkel angestellt.

Knop fährt sich durchs Haar.

- Deine Stimme gefällt mir. Darf ich dir die Rosen schenken?

Sie drückt den Rücken ins Hohlkreuz.

- Danke. Ich nehme die Rosen, und du trägst die Leiter.

Am Fluss hat es eine Frau mit Tee

Der Fluss mäandert durch einen Auenwald. Das Wurzelwerk der Föhren zwirbelt aus der steilen Felswand. Der Waldboden ist weich. Bei jedem Schritt gibt er nach. Huch hat sich der Schuhe und Socken entledigt, läuft durch ein entlegenes Tal.

Eine Frau marschiert mit baumlangen Schritten auf ihn zu.

- Hallo, ich bin Lena Uhde.

Sie trägt einen weißen Umhang mit einer aufgenähten pfaugrünen Sonne.

- Möchtest du eine Zauberperle?

Huch zögert.

- Sie ist sicher wertvoll. Ich bin unterwegs. Es wäre schade, wenn ich sie verlieren würde.

Ein Mann stürzt sich mit schnellen Schritten aus dem Gebüsch.

- Hallo, ich bin Nathanael Glick.

Er hat eine Sonnenbrille und einen dunkelrot-lila Sonnenschirm.

- Gib mir die Zauberperle.

Lena legt den Kopf schief.

- Wirst du sie auch nicht verlieren?

Glick schwingt den Sonnenschirm locker umher.

- Nie im Leben. Du kannst mir vertrauen.

Sie klaubt die Perle aus einer Tasche ihres Umhangs und legt sie in seine Hand.

- Enttäusche mich nicht.

Er wirft sie auf und fängt sie.

- Das würde ich mir nie erlauben.

Lena spreizt den kleinen Finger ab.

- Was hast du vor? Was möchtest du mit der Perle zaubern?

Glick schaut Huch in die Augen, ohne zu blinzeln.

- Was soll ich mir wünschen?

Huch schiebt die Hände in die Hosentaschen.

- Was macht dich glücklich?

Glick lacht laut.

- Ich hätte gern einen Spiegel, der mit mir spricht.

Tauben steigen flatternd beim Felsen auf.

Ein Mann trägt einen Standspiegel aus einer Höhle.

- Hallo, ich bin Rico Bitter.

Er hat einen samtschwarzen Rollkragenpullover an.

- Wo darf ich den Spiegel hinstellen?

Glick zeigt auf den moosigen Weg.

- Frag nicht lang.

Bitter setzt ihn sorgfältig ins Moos ab.

- Wie du willst.

Er streckt die Hand aus.

- Gib mir bitte die Perle.

Glick lässt sie in seine Hand fallen.

- Ich glaube, dass ich bei dem Tausch gewinne. Hoffentlich geht es dir genau so.

Bitter schiebt die Perle in seine Tasche.

- Ja sicher. Ich wollte schon lang eine Zauberperle.

Die Tauben lassen sich flatternd auf den Bäumen nieder, und Bitter verschwindet in der Höhle.

Glick stellt sich vor den Spiegel.

- Was sagst du zu mir?

Der Spiegel hat eine leise Stimme.

- Du bist reich, aber läufst wie ein Bettler herum.

Glick fährt mit dem Finger über die Sonnenbrille.

- Liegt es an der Sonnenbrille?

Der Spiegel sagt mit glockenreinem Lachen.

- Ja, lauf in die Stadt und suche eine Goldrandbrille. Damit kannst du dich zeigen.

Lena streunt mit katzenartigen Bewegungen um Huch.

- Die Stadt bietet viel und mehr als du dir wünschen kannst. Wollen wir Nathanael begleiten?

Huch fühlt ihre Hand auf seinem Arm.

- Die Stadt interessiert mich auch. Vorgängig würde ich allerdings gern die Auenlandschaft erkunden.

Glick ruckelt an der Brille.

- Wir sehen uns dann.

Lena geht mit Glick davon.

- Bleib nicht zu lang und komm bald nach. Eine Goldrandbrille würde dir auch gut stehen.

Huch lässt die Arme baumeln.

- Ich werde darüber nachdenken.

Leise und flach klingt die Stimme des Spiegels.

- Darf ich offen zu dir sein?

Huch dreht sich um.

- Worauf willst du hinaus?

Die weiche, wippende Stimme des Spiegels wird spitz.

- Das kann ich dir gleich sagen. Du siehst durstig aus.

Huch neigt den Kopf gegen die linke hochgezogene Schulter.

- Das könnte sein. Wenn ich in der Stadt bin, könnte ich mich nach einem Brunnen umsehen.

Eine Frau nähert sich in leicht gebeugter Haltung.

- Hallo, ich bin Nele Nell.

Das grüngefärbte Haar fällt ihr schimmernd über den Rücken.

- Warte nicht, bis du in der Stadt bist.

Sie trägt einen Teeservice.

- Ich habe Tee.

Nele stellt den Service auf eine Felsplatte. Die Kanne ist ein rosafarbener Hase.

- Probier einen Schluck.

Sie gießt den Tee durch die aufgestellten Ohren.

Huch steht extrem aufrecht, leicht nach rechts gewandt.

- Es ist ein spezieller Service.

Ein Mann schreitet zielstrebig durch die Auenlandschaft.

- Hallo, ich bin Salvatore Tambur.

Seine Haut schimmert grünlich.

- Was macht ihr gerade?

Neles Mund zuckt.

- Ich schenke Tee ein.

Tambur streckt die Hände in Halshöhe aus.

- Für mich?

Sie blinzelt.

- Ich könnte auch eine Tasse für dich einschenken.

Er schnuppert an der Tasse und nimmt sie.

- So lange mag ich nicht warten.

Nele schließt die Augen.

- Wer von meinem Tee trinkt, schreibt eine Bewertung.

Tambur verschluckt sich, hustet.

- Eine Bewertung? Was ist das?

Sie fasst sich an den Kopf.

- Du weißt nicht, was eine Bewertung ist?

Er stellt die Tasse aufs Tablett.

- Ah, jetzt fällt es mir ein. Ich soll aufschreiben, wie ich den Tee finde.

Nele füllt ihm die Tasse.

- Danke, dass du eine Bewertung schreibst.

Tambur nippt am Tee.

- Die Sache hat nur einen Haken. Ich schreibe nicht gern.

Eine Frau schlendert am Ufer.

- Hallo, ich bin Leonie Knipp.

Sie trägt eine bunte Hostessenuniform und hat einen Schreibblock in der Hand.

- Darf ich für dich etwas schreiben?

Er wirkt unsicher.

- Was möchtest du schreiben?

Leonie atmet tief durch.

- Nun, du trinkst Tee. Wie findest du ihn?

Tambur guckt nach rechts und nach links.

- Was soll ich sagen?

Nele schaut ihm fest in die Augen.

- Du musst nur lächeln.

Er fragt kopfschüttelnd.

- Warum?

Leonie spielt mit dem Stift.

- Weil wir dann wissen, dass du den Tee gut findest.

Tambur setzt ein Lächeln auf.

- Ist das gut?

Nele windet sich geschmeidig um seinen Körper.

- Du hast das schönste Lächeln der Welt.

Leonie schreibt.

- Alle Männer finden den Tee gut.

Huch schaut ihr über die Schulter.

- Warum schreibst du „alle Männer"?

Sie blinkert.

- Du hast nichts gesagt. Dann wird deine Bewertung automatisch dazugezählt. Oder soll ich für dich etwas Anderes aufschreiben?

Nele schenkt eine neue Tasse ein.

- Du bist gefragt.

Sie bietet Huch den Tee an.

- Koste nur einen Schluck und sag offen deine Meinung.

Leonie streckt und räkelt sich.

- Alle Männer finden ihn gut.

Tambur beugt sich nach vorn.

- Ich auch.

Huch nimmt die Tasse, riecht daran.

- Das ist Pfefferminze.

Leonie notiert den Namen.

- Er ist ein Experte. Ich wusste es.

Nele bekommt glasige Augen.

- Du hast meinen Tee erkannt.

Tambur trinkt seine Tasse in einem Zug aus.

- Wenn Pfeffer darin ist, würde ich sagen, dass es ein sehr milder ist.

Huch wiegt den Kopf.

- Der Tee ist aus frischen Blättern. Das ist, wie wenn ich durch eine Wiese mit blühenden Minzen streifen würde.

Leonie schreibt es schnell auf.

- Du bist ein Dichter.

Ein Mann durchmisst mit forschem Schritt den Uferwald.

- Hallo, ich bin Seyit Joop.

Er trägt eine enorme Brille auf der Nase, hat eine Kamera in der Hand.

- Darf ich von dir ein Bild machen?

Huch stellt die Tasse ab.

- Vielleicht möchten Nele, Leonie oder Tambur zuerst fotografiert werden.

Joop blickt aufs Display seiner Kamera.

- Das könnte sein. Aber zuerst möchte ich von dir ein Bild.

Anfangen zu zeichnen

Der Trampelpfad über eine Kuhweide führt zu einer Bogenbrücke. Der Bach hat eine tiefe Schlucht in den Fels gegraben. Huch hört Musik im Klang des Wasserfalls, gelangt in einen lichten Wald.

Eine Frau fährt mit einem großen Dreirad vor. Über der Hinterachse ist eine duftende Schokoladenküche aufgebaut. Aus einer Pfanne dringen Dampf und blubbernde Geräusche.

- Hallo, ich bin Matilda Milo.

Sie trägt ein elegantes Top und eine enge Hose.

- Bist du zum ersten Mal hier?

Huch streckt und dehnt die Arme.

- Ja, ich sehe mich um.

Matilda steigt vom Rad.

- Es ist gefährlich, hier zu schwimmen.

Er hebt die Augenbraue.

- Ich spaziere nur.

Sie legt einen faustgroßen Holzklotz auf den Tisch ihrer fahrbaren Schokoladenküche, pfeift durch die Zähne.

- Ich habe einen Assistenten.

Ein Specht fliegt herbei, landet auf ihren Schultern, blickt auf Huch, flattert zum Holzklotz und hackt mit seinem scharfen Schnabel darauf ein.

Matildas Augen leuchten auf.

- Er schnitzt mir alle Hohlformen.

Ihr Blick gleitet zu Huch.

- Nun bräuchten wir noch die Rückenansicht.

Er hält die Hände übereinander auf dem Bauch.

- Hohlformen? Rückenansicht? Kannst du mir das erklären?

Matilda legt den zweiten Holzklotz bereit.

- Für den Guss brauche ich eben 2 Hohlformen.

Sie tanzt mit ausgebreiteten Armen um Huch.

- Dürfen wir dich von hinten ansehen?

Huch zieht die Schultern bis zu den Ohren hoch.

- Was wird das?

Matilda stellt sich hinter ihn.

- Entspanne dich. Lass die Schultern fallen.

Sie späht zum Specht.

- Assistent, daher!

Er fliegt auf ihre Schultern, wirft ein Auge auf Huch und bearbeitet mit seinem scharfen Schnabel den anderen Klotz.

Matilda betrachtet die erste Hohlform.

- Er hat dich gestochen scharf getroffen.

Huch nimmt die Form in die Hand.

- Was machst du damit?

Sie wirft den Kopf in den Nacken.

- Ich gieße kleine Schokoladefiguren.

Er atmet tief durch.

- Vielleicht solltest du das ohne mich tun.

Matilda dreht den Kopf nach links.

- Nein, es lohnt sich, Modell zu stehen. Nun wirst du berühmt wie der Osterhase.

Sie schüttelt ihm freudig die Hand.

- Ich gratuliere dir. Nun brauchen wir nur noch deinen Namen.

Huch hat die Lippen leicht geöffnet, als würde er Luft schnappen.

- Ich heiße Johann Sebastian Huch.

Matilda blinzelt mit den Augen.

- „Huch", das klingt wie eine Marke.

Sie leckt sich die Oberlippe.

- Ich höre die Kinder schon rufen: Ich hätte gern einen Schoko-Huch.

Der Specht schwirrt davon.

Sie zeigt Huch die zweite Hohlform.

- Der Specht ist präzis und denkt an alles. Sogar einen Kanal hat er gehackt, damit ich die Schokolade eingießen kann.

Matilda bindet die beiden Hohlformen zusammen, steckt einen Trichter in den Kanal.

- Das wird der allererste Schoko-Huch.

Sie nimmt die Pfanne vom Herd, gießt pinkfarbene Schokolade in den Trichter.

- Du kannst später sagen: Ich bin dabei gewesen.

Huch schlägt die Augen auf.

- Ich habe noch nie pinkfarbene Schokolade gesehen.

Matilda stellt die Gussform in den Kühlschrank.

- Auf die Farbe bin ich sehr stolz. Früher habe ich rosa leuchtende Flamingos gemacht. Aber ich glaube, der Schoko-Huch übertrifft alles.

Sie lächelt, hält sich die Hand vor den Mund.

- Hoffentlich können wir ihn auch genießen. Als Kind hatte ich mal einen Schoko-Hasen, der war so schön, dass es mich reute, ihn zu essen.

Huch setzt ein nachdenkliches Gesicht auf.

- Wäre es nicht einfacher, die Schokolade in Tafeln zu gießen?

Matilda winkt ab.

- Nein, mach dir keine Sorgen. Das kann mir heute nicht mehr passieren. Ich vernasche alles, was mir gefällt.

Sie wackelt mit dem Kopf.

- Und mit den Gussformen kann ich beliebig viele Schoko-Huchs herstellen.

Er ringt die Hände.

- Vielleicht finden wir auch einen Namen, der mit mir gar nichts zu tun hat.

Matilda guckt auf die Anzeige des Kühlschranks.

- Das kommt nicht in Frage. Schokolade muss authentisch sein.

Sie reckt den Arm nach oben.

- Das ist wie beim Tee.

Huch schickt ein Zucken durch die Augen.

- Ich dachte, beim Tee braucht es nur einen Teetisch.

Matildas Augen blitzen klug und listig.

- Ich sagte: Authentisch. Das hat nichts mit einem Tisch zu tun. Weißt du überhaupt, was authentisch bedeutet?

Er spreizt den kleinen Finger ab, als würde er eine Tasse Tee trinken.

- Ich denke gern über Bedeutungen nach. Das sollten wir auch tun, bevor wir etwas Schoko-Huch nennen.

Sie nimmt die Gussform aus dem Kühlschrank, klappt die beiden Holzklötze sorgfältig auf.

- Schoko-Huch! Mehr können wir nicht sagen.

Huch hebt den Kopf, schließt die Augen.

- Ich finde, du solltest den Namen nochmal überdenken.

Matilda hält die kleine Schokoladenfigur hoch.

- Wieso denn?

Sie biegt und krümmt sich vor Lachen.

- Der Specht hat ganze Arbeit geleistet. Ohne Lupe oder Brille erkennt man dich auf den ersten Blick.

Er winkelt den Zeigefinger ab.

- Dann ist es einfach ein Schoko-Mensch im Unterschied zum Schoko-Hasen.

Matilda schnipst mit den Fingernägeln.

- Es geht nichts über den Duft von Schokolade.

Sie legt den Schoko-Huch auf einen Teller.

- Probier ein Stück! Du musst dir ja nicht gleich den Kopf abbeißen.

Huch hebt den Arm.

- Ich habe Süßes nicht so gern.

Matilda bietet ihm den Teller an.

- Bei meiner Schokolade vergisst du, dass sie süß ist.

Er nimmt den Schoko-Huch, betrachtet ihn von allen Seiten.

- Ich habe mich noch nie als Schokoladenfigur gesehen.

Sie atmet den Duft der Schokolade.

- Man isst auch mit den Augen. Aber nun solltest du wirklich ein winziges Stück knabbern. Es gibt eine enorme Wirkung.

Huch führt den Schoko-Huch an den Mund.

- Was denn für eine Wirkung?

Matilda grinst vor sich hin.

- Du wirst dich sehr leicht fühlen.

Er beißt ein Stück ab.

- Ich spüre nichts.

Sie schnappt ihm den Rest aus der Hand.

- Wart es nur ab! Du wirst staunen.

Sie räumt den Teller, die Gussformen und den Trichter in eine Schublade.

- Dankeschön für alles! Es macht Spaß, aus dir Schokoladenfiguren zu machen.

Er wischt sich mit dem Arm über den Mund.

- Die Schokolade ist fein. Über den Namen müssen wir uns aber wirklich unterhalten.

Matilda schwingt sich auf den Sattel.

- Es gibt Wichtigeres als Namen.

Sie fährt davon.

Huch folgt einer schillernden Libelle zu einem kleinen Waldsee. Seerosen leuchten auf.

Ein Mann tritt auf Stelzen auf.

- Hallo, ich bin Falk Kiwi.

Er hat abgenutzte Schuhsohlen.

- Hast du etwas gegessen?

Huch sagt beinahe entschuldigend.

- Ich habe nur ein bisschen Schokolade probiert.

Kiwi springt von den Stelzen.

- Dann solltest du ein Plakat lesen.

Er führt ihn zu einer kleinen Waldhütte. Eine lilafarbene Kletterpflanze überdeckt wuchernd die Wände und das Dach.

- Hier muss es sein.

Huch reibt sich die Augen.

- Ich sehe kein Plakat.

Kiwi schiebt 2 Stränge der Kletterpflanze wie einen Vorhang auseinander.

- Von den Wänden ist auch nicht mehr viel zu sehen.

Ein verwittertes Plakat kommt zum Vorschein.

- Es ist immer noch da, aber gut verborgen.

Huch lässt die Schultern hängen.

- Was steht darauf?

Kiwi tritt zur Seite.

- Schau selber.

Huch stellt sich vor das Plakat.

- Die Buchstaben heben sich noch einigermaßen sichtbar vom Hintergrund ab.

Kiwi grinst breit.

- Und was liest du?

Huch stellt ein Bein aus.

- Geh auf den Seerosenblättern, wenn du nicht ins Wasser willst.

Kiwi spitzt die Lippen.

- Was sagst du zu dem Satz?

Huch senkt den Kopf.

- Ich bin noch nie auf Seerosenblättern gegangen.

Kiwis Wimpern beginnen fast unwillkürlich zu zwinkern.

- Willst du es einmal versuchen?

Huch antwortet mit einem Lächeln.

- Nein, Seerosen sind wunderbare Pflanzen. Ich möchte nicht ihre Blätter zertreten.

Kiwi richtet den Blick kühl auf den Waldsee.

- Das sind besondere Seerosen. Du kannst ihre Blätter weder verletzen, noch unter Wasser drükken.

Er geht zum Ufer.

- Probier es doch einfach einmal aus.

Huch schlüpft aus den Schuhen.

- Ich weiß nicht. Ich gebe zu, diese Seerosen haben außerordentlich große Blätter. Aber dass sie mein Gewicht tragen sollen, will mir nicht in den Kopf.

Kiwi setzt sich ans Ufer, schlägt die Beine seitlich unter.

- Komm schon! Beweg dich!

Huch tritt nur mit den Zehenspitzen auf ein Seerosenblatt.

- Du hast Recht. Es taucht nicht unter.

Kiwi senkt die Lider.

- Warum ist es wichtig, dass es untertaucht? - Stell den Fuß drauf.

Huch verlagert das Gewicht, stellt sich mit einem Bein aufs Seerosenblatt.

- Von allein wäre ich nie auf die Idee gekommen. Aber es geht wirklich. Das Blatt trägt mich.

Kiwi schaut beim Reden ein wenig über ihn hinweg.

- Geh weiter, von Blatt zu Blatt.

Vorsichtig tappt Huch über die Seerosenblätter, die immer größer werden.

- Mir gefallen diese Seerosen.

Er gelangt zu einer riesigen Blüte, die im Licht schimmert.

- Vielleicht kann ich sogar hineingehen.

Die Blütenblätter rascheln wie ein sich öffnender Vorhang. Und als Huch es wagt, die Blüte zu betreten, umschließen sie ihn, bilden eine schneeweiße Kugel. Sie steigt auf, koppelt sich vom Stängel ab. Huch gleitet in ihrem Bauch über den Waldsee. Libellen schwirren um ihn herum. Harfenähnliche Klänge tönen in den Fluggeräuschen. Die Kugel landet bei einer Insel, lässt Huch aussteigen.

Eine Frau nähert sich auf Zehenspitzen.

- Hallo, ich bin Lia Witt.

Unter einer sonnenblumengelben Schürze trägt sie weite Jeans-Hotpants zu einer fallschirmweißen Strumpfhose.

- Kannst du Schneeflocken zeichnen?

Huch kratzt sich am Kopf.

- Alle Menschen können Schneeflocken zeichnen.

Sie führt ihn vor eine eisvogelblaue Wand, drückt ihm eine Kreide in die Hand.

- Aber ich habe dich getroffen und erwarte es von dir.

- Nun ja, sagt Huch, kritzelt mit 3 Strichen eine Flocke.

Die große Freude in der Kunst

Der Parkplatz vor dem Supermarkt ist frisch geteert worden. Der Duft des Teers hängt noch in der Luft. Huch schreitet quer darüber.
Eine Frau geht auf den Zehenspitzen und dreht Pirouetten.
- Hallo, ich bin Sara Mancini.
Sie trägt ein kurzes azurblaues Kleid und hat Spielkarten in der Hand.
- Siehst du deinen Schatten?
Er hält sich die Hände wie Hasenohren an die Schläfen.
- Ich kann ihn sogar verwandeln.
Saras Mundwinkel zuckt kaum wahrnehmbar.
- Aber du siehst ihn gewiss nicht so deutlich wie auf einem hellen Betonboden?
Huch lässt die Arme schlenkern.
- Aber ich sehe ihn.
Sie geht in die Hocke.
- Würdest du gern einen weißen Schatten haben?
Er wirft ihr einen Blick zu.
- Nein, mein gewöhnlicher Schatten ist mir lieber.
Sara spielt mit den Karten.
- Hast du auch schon mal eine Spielkartenpyramide gebaut?
Huch blickt zu Boden.
- Du meinst so eine Art Kartenhaus.
Sie bückt sich, lehnt 2 Karten gegeneinander, dass sie ein Giebeldach bilden.

- Viel einfacher: Eine Pyramide. Alle Menschen bauen solche Pyramiden.

Er streckt die Hände weit von sich.

- Nein, das habe ich noch nie versucht.

Sara gibt ihm 2 Karten.

- Mach auch ein Dach, gerade neben meinem.

Er stellt die Karten auf.

- Sie wollen kippen, aber halten sich gegenseitig auf.

Sie reicht ihm eine weitere Karte.

- Du hast eine sehr ruhige Hand. Leg die Karte wie ein Flachdach auf die Giebel der beiden Dächer.

Huch versucht es.

- Ist das richtig?

Sara streckt ihm 2 neue Karten hin.

- Und nun baust du auf dieses Flachdach wieder ein Giebeldach.

Er kniet nieder, stellt die beiden Karten sorgfältig auf.

Sie springt auf und läuft davon.

- Das hast du gut gemacht. Ich schenke dir die Pyramide.

Huch richtet sich auf.

- Moment, ich bin unterwegs. Ich weiß gar nicht, was ich mit den Karten anfangen soll.

Ein Mann läuft wie ferngesteuert über den Platz.

- Hallo, ich bin Junes Glover.

Er trägt klobige Arbeitsschuhe.

- Sind das deine Karten?

Huch wackelt mit dem Kopf.

- Nein, das sind nicht meine Karten.

Glover tritt ihm ruhig entgegen, bis auf 2 Meter.

- Wer hat denn die Pyramide aufgebaut?

Huch wippt mit dem Fuß.

- Das waren Sara und ich.

Glover schließt die Augen.

- Sara ist nicht da. Deshalb frage ich dich: Räumst du bitte die Karten weg?

Huch schaut ihn mit unbefangener Direktheit an.

- Gefällt dir die Pyramide?

Glover verschränkt die Arme vor der Brust und bewegt sie, als wäre es eine Dehnungsübung.

- Ja, sie gefällt mir. Aber sie muss weg. Das ist ein Parkplatz, kein Spielplatz.

Huch hält die Beine eng zusammen.

- Niemand spielt mit den Karten. Sie sind also geparkt, in gewisser Hinsicht.

Glover lässt den Mund offen stehen.

- Ich möchte nicht länger mit dir darüber reden. Wenn ich zurückkomme, und die Karten sind immer noch da, werfe ich sie in den Müll. Das wäre doch schade, oder nicht?

Huchs Mundwinkel zucken.

- Das würde ich sehr bedauern.

- Gut, sagt Glover und geht, dann verstehen wir uns.

Eine Frau überquert den Platz.

- Hallo, ich bin Melina Munro.

Sie trägt eine Milanfeder im Haar.

- Gibt es ein Problem?

Huch reckt und streckt sich.

- Junes will die Karten in den Müll werfen. Das finde ich schade.

Melina bückt sich.

- Ich lese sie auf.

Sorgfältig zerlegt sie die Pyramide.

- Die Karten wären gerettet.

Er leuchtet mit seinem Lächeln den ganzen Platz aus.

- Es macht keinen Sinn, sie in den Müll zu werfen.

Melina gibt ihm die Karten.

- Nein, sie sind bei dir in guten Händen.

Huch dreht die Knie einwärts.

- Aber ich kann sie gar nicht brauchen.

Sie wendet sich blitzschnell weg. Ihr Haar mit der Feder fliegt wie ein Schweif.

- Ich auch nicht.

Huch hält die Karten in der Hand.

- Was fange ich damit an?

Ein Mann streift über den Platz.

- Hallo, ich bin Lewis Gifford.

Er trägt einen Trainingsanzug, schleppt einen Eimer mit seerosenweißer Farbe. Ein Pinsel mit langem Stiel steckt darin.

- Wie es aussieht, hast du gute Karten.

Huch spricht ruhig und konzentriert.

- Ich kenne die Karten überhaupt nicht und habe sie auch noch gar nicht richtig betrachtet.

Gifford betont mit kräftiger Stimme.

- Das macht fast gar nichts. Schau einfach mal die oberste Karte an. Was siehst du?

Huch blickt auf die Karte.

- Eine Frau und 4 Herzen.

Gifford überreicht ihm den Farbeimer mit beiden Händen und einer Verbeugung.

- Das ist die Herzdame. Du hast gewonnen und darfst eine Herzdame malen.

Huch schiebt die Karten in die Tasche, greift zum Pinsel.

- Also, ich habe da so einen einfachen Strich-männchen-Stil.

Gifford hüpft durch die Luft.

- Das musst du mir unbedingt zeigen. Ich kann es kaum erwarten.

Huch malt mit wenigen Strichen eine Frau.

- Wenn es dir gefällt.

Gifford schlägt im Flug die Beine aneinander.

- Ich habe einen neuen Künstler gefunden.

Er läuft davon.

- Ich muss die Leute zusammentrommeln. Das ist das Ereignis.

Huch legt den Pinsel in den Farbeimer zurück.

- Es macht ihm Freude.

Er hört die klobigen Arbeitsschuhe von Junes Glover trampeln, dreht sich um.

- Junes, du kannst dich freuen. Melina hat die Karten aufgelesen.

Glover reckt den Kopf.

- Wir reden jetzt nicht mehr von den Karten.

Er deutet auf den Platz.

- Hast du das gemalt?

Huch sagt, ohne mit der Wimper zu zucken.

- Ja.

Glover holt Luft.

- Wunderbar! Und ich habe dich entdeckt.

Die Glückssträhne

Die Steppe breitet sich vor dem Berg aus. Huch schreitet durch eine karge Wiese. Aus dem Schotterboden, zwischen Grasbüscheln erhebt sich ein alter Ziehbrunnen. Er ist rund, mit roh behauenen Steinen gemauert.

Ein Frosch sitzt auf dem Brunnenrand.

- Hallo, ich bin Melih Ulmer.

Er ist knallgrün und hat große Glupschaugen.

- Bereite dich schon mal vor.

Huch macht sich klein.

- Auf was?

Ulmer stiert in den Himmel.

- Gleich kommt eine Frau vorbei und fragt dich, was sie tun soll. Denk dir schon jetzt eine Antwort aus.

Huch senkt den Kopf.

- Vielleicht kommt sie nicht allein. Dann kann sie ihren Partner fragen.

Eine Frau kommt mit einem kleinen Köfferchen.

- Hallo, ich bin Paula Kit.

Sie trägt eine malvenfarbige Perücke.

- Mein Köfferchen ist schwer, als wäre es mit Steinen gefüllt. Was soll ich tun?

Ulmer verzieht tuschelnd die Mundwinkel.

- Sag ihr, sie soll den Koffer abstellen.

Paula schielt mit den Augenwinkeln zum Frosch, wendet sich an Huch.

- Was hat er gemunkelt?

Huchs Blick wandert langsam suchend umher.

- Er meint, du könntest das Köfferchen abstellen.

Sie zieht die Augenbrauen hoch.

- Das ist eine gute Idee! Danke, du fühlst dich in meine Lage ein und kommst sofort auf die richtige Lösung.

Er schiebt die Oberlippe leicht vor.

- Moment, die Idee stammt von Melih.

Sie kneift die Augen zu.

- Wer ist Melih?

Huch weist auf Ulmer.

- Das ist der Frosch.

Paulas Augen beginnen zu leuchten.

- Du verstehst sogar, was die Tiere reden!

Sein Herzschlag ist beschleunigt.

- Nein, so ist das gar nicht. Melih ist ein besonderer Frosch. Er kann unsere Sprache sprechen.

Paula entblößt beim Lächeln die obere Zahnreihe.

- Sei nicht so bescheiden. Du hast besondere Fähigkeiten. Und deshalb werde ich nun genau tun, was du mir gesagt hast: Ich befreie mich von der Last.

Sie stellt das Köfferchen auf den Brunnenrand.

- Du verstehst mich.

Langsam, wie in Zeitlupe, hebt sie vom Boden ab.

- Ich glaube, ich kann fliegen.

Sie schwebt über den Spitzen der Grasbüschel.

- Noch nie habe ich mich so leicht gefühlt.

Ulmer hüpft davon.

- Auf ein andermal! Wenn du Rat brauchst, kommst du einfach zum Ziehbrunnen und rufst Melih Ulmer.

Huch zuckt etwas ratlos die Schulter.

- Danke, das ist sehr freundlich von dir.

Paula gleitet über dem Schotterboden durch die Luft.

- Dieser Ort ist fantastisch. Du hast mir das Fliegen beigebracht.

Er hält den Kopf schräg.

- Das hat nichts mit mir zu tun. Ich spaziere hier bloß rum und sehe mir die Landschaft an.

Ein Lächeln erhellt ihr Gesicht.

- Du hast eine Belohnung verdient. Öffne das Köfferchen.

Huch verschränkt die Arme hinter dem Rücken.

- Ich könnte mich erkundigen, wie diese Schnappverschlüsse funktionieren.

Ein Mann stürmt über die Steppe.

- Hallo, ich bin Pit Rink.

Er trägt Jeans, hat sich den Bügel eines Kopfhörers über den Nacken gelegt.

- Ich habe eine rasche Auffassungsgabe und schnappe alles auf, was Schnappverschlüsse betrifft. Darf ich das Köfferchen öffnen?

Paula schwebt zu ihm.

- Ja gern, sei so gut.

Rink macht das Köfferchen auf.

- Was haben wir da?

Er zieht eine Karotte heraus.

- Sie leuchtet so hellorange wie ein Leuchtstift.

Sie nimmt ihm die Karotte aus der Hand, gibt sie Huch.

- Du hast sie verdient.

12 hermelinweiße Hasen hoppeln über die Steppe, bilden einen Kreis um Huch.

Paula lenkt Rinks Blick auf Huch.

- Er kann mit den Tieren reden. Vorher hat er mit einem Frosch gesprochen und mir das Fliegen beigebracht.

Die Hasen stellen sich auf die Hinterbeine.

Rink eilt davon.

- Ich rufe meine Freunde. So etwas haben sie bestimmt noch nie gesehen.

Paula fliegt hinterher.

- Wir könnten eine Manege aufbauen.

Zu Huch ruft sie im Vorbeiflug.

- Bleib bei den Hasen! Du bist ein großer Zauberer.

Er kneift die Augen zusammen.

- Vielleicht haben die Hasen nur Hunger. Warum soll ich ein großer Zauberer sein?

Mit schlürfendem Gang nähert sich eine Frau.

- Hallo, ich bin Alina Duval.

2 Hasen weichen zurück, lassen sie in den Kreis treten.

Sie trägt ein orangegelbes Trägerkleid.

- Möchtest du die Karotte einem Hasen schenken?

Huch streckt seine Arme auf Schulterhöhe aus.

- Nein, alle Hasen sollten ein Stück bekommen.

Ein Mann bringt einen Klapptisch und eine Tasche.

- Hallo, ich bin Andrej Nitzsche.

Wiederum hoppeln 2 Hasen zur Seite, damit er in den Kreis gelangen kann.

Er trägt einen pfefferschwarzen Overall.

- Darf ich den Tisch in der Mitte aufstellen?

Alina hilft ihm, das Gestell mit den Tischbeinen auszuklappen.

- Zusammen geht es besser.

Nitzsche öffnet die Tasche.

- Ich habe ein Rüstbrett und ein Messer mitgebracht. Darf ich die Karotte zerschneiden?

Sie fragt Huch.

- Willst du es selber tun?

Er legt sie aufs Rüstbrett.

- Ich müsste sehr lange überlegen, wie ich 12 gleiche Stücke gewinne.

Nitzsche schneidet die Karotte in der Mitte entzwei.

- Das ist ganz einfach. Du teilst sie in Hälften.

Alina nimmt ihm das Messer aus der Hand.

- Dann halbierst du die Hälften.

Sie gibt das Messer Nitzsche zurück.

- Wir sind schon fast fertig.

Nitzsche zerschneidet jedes Stück in 3 gleiche Teile.

- Siehst du, wie es geht.

Huch legt die Hände zusammen.

- Ihr könnt gut zusammenarbeiten.

Alina scheint vor Energie zu sprühen.

- Wir sind ein richtiges Team. Bist du einverstan-
den, dass wir die Stücke verteilen?
Nitzsche klaubt 12 goldene Teller aus der Tasche
hervor.
- Ich hätte das passende Geschirr.
Huch verschränkt die Arme.
- Ihr wisst am besten, wie es geht.
Alina und Nitzsche legen die Karottenstücke auf
die goldenen Teller, bieten sie den Hasen an.
Sie neigt den Kopf leicht zur Seite.
- Ich bin überzeugt, dass sie Karotten mögen.
Nitzsche wiegt den Oberkörper hin und her.
- Vielleicht wollen sie noch etwas Wasser trinken.
Kaum haben die Hasen die Stücke von den Tel-
lern gefressen, hoppeln sie davon.
Alina rennt hinterher.
- Ich wüsste gern, wo sie hinlaufen.
Nitzsche folgt ihr.
- Vielleicht gibt es Felsen in der Nähe.
Huch steht mitten in den 12 goldenen Tellern.
- Ich weiß gar nicht, ob die Hasen es gern haben,
wenn ihr ihnen nachläuft.
Alina uns Nitzsche sind bereits außer Hörweite.
Huch schlendert über einen Kiesweg.
- Ich bin gespannt, wo er mich hinführt.
Er durchquert ein ausgetrocknetes Flussbett.
Eine Frau reckt die Hände, um auf sich aufmerk-
sam zu machen.
- Hallo, ich bin Marlene Rosenhauer.
Sie trägt grasgrüne Schuhe und hat einen golde-
nen Kamm in der Hand.

- Was sagst du zu meinem Kamm?

Huch wischt sich die Stirn.

- Er ist golden.

Marlene springt aufgekratzt hin und her.

- Möchtest du, dass deine Haare so golden glänzen wie der Kamm?

Er steigt aus dem ausgetrockneten Flussbett.

- Nein, das möchte ich lieber nicht.

Ein Mann tritt beschwingt ans Ufer und blinzelt.

- Hallo, ich bin Burak Ansbach.

Er hat kohlrabenschwarze Hände.

- Ich hätte gern goldene Haare. Tu alles, was du kannst.

Marlene bietet ihm den goldenen Kamm an.

- Möchtest du dich selber kämmen?

Ansbach greift nach dem Kamm.

- Warum nicht?

Er kämmt eine Strähne. Sie glänzt golden.

- Ich würde mich gern im Spiegel sehen.

Marlene reicht ihm einen Handspiegel.

Ansbach fährt über die Strähne.

- Kannst du das wieder ausmachen?

Sie nimmt ihm den Spiegel und den Kamm ab.

- Nein, jetzt kann man nichts mehr machen.

Der Wald spielt eine wichtige Rolle im Leben

Ein Gewitter braut sich in der Ferne zusammen. Huch wandert auf einen Berg, sieht sich die Wälder auf den umliegenden Höhen an.

In einer engen Kurve am Rand einer Schlucht, wo sich das Sträßchen mit einem Bergweg kreuzt, spricht ihn eine Frau von hinten an.

- Hallo, ich bin Mira Ferber.

Sie trägt ein silbernes Kunststoffkleid und einen Gitarrenkoffer.

- Meine Gitarre ist furchtbar verstimmt.

Huch macht die Augen zu.

- Es könnte an der Wärme liegen.

Mira stellt den Koffer ab.

- Kannst du sie stimmen?

Sie läuft um die Kurve.

- Ich bin gleich zurück.

Er lauscht aufmerksam auf den Klang ihrer Schritte.

- Man müsste zuerst den Koffer öffnen.

Ein Mann steigt aus der Schlucht den Bergweg hoch.

- Hallo, ich bin Heinrich Brinckmann.

Er trägt ein hellrotes Hemd.

- Ist die Gitarre gestimmt?

Huch strahlt ihn an.

- Mira sagt, sie sei verstimmt.

Brinckmann bückt sich.

- Das finden wir gleich heraus.

Er öffnet den Koffer.

- Ich kann mich auf mein Gehör verlassen.

Huch blinzelt in der Sonne.

- Das Gehör ist beim Stimmen äußerst entscheidend.

Brinckmann nimmt die Gitarre heraus.

- Das ist eine Martin-Gitarre.

Er setzt sich auf eine Felsplatte, zupft ein paar Töne.

- Leider ist sie verstimmt, doch das haben wir gleich.

Huch sagt mit vorsichtigem Lächeln.

- Lass dir Zeit.

Brinckmann dreht an einem Wirbel.

- Zeit habe ich leider keine. Jede Sekunde zählt.

Huch fährt sich durchs Haar.

- Das verstehe ich nicht ganz. Wenn sich die Sekunden selber zählen, hast du doch eine Riesenmenge Zeit.

Brinckmann lässt eine Saite klingen, horcht.

- Nein, das verhält sich ganz anders. Ich zähle die Sekunden, gebe acht, dass ich nicht langsamer werde.

Er stimmt die Nachbarsaite.

- Zeit ist ungeheuer schnell vertan, wenn man sich nicht kontrolliert und genau weiß, was man tut.

Huch hört sich das in aller Ruhe an.

- Du bist nicht verpflichtet, die Gitarre zu stimmen.

Brinckmann legt sie in den Koffer zurück.

- Schon geschehen. Ich bin eben ein Profi. Ich weiß genau, wie viel Zeit ich habe und was ich mir leisten kann. Das war's.

Er erklimmt die Stufen zum Berg.

- Danke, dass ich die Gitarre stimmen durfte. Ich wollte es einfach tun, egal, ob ich Zeit habe oder nicht.

Huch tanzt mit ausgebreiteten Armen.

- Dankeschön.

Mira kommt um die Kurve.

- Ist die Gitarre gestimmt?

Er richtet den Blick zum Berg.

- Ja, willst du sie prüfen?

Sie läuft hektisch auf und ab.

- Ich kann gar nicht spielen.

Huch stemmt den Arm in die Hüfte.

- Wieso? – Alle Menschen können Gitarre spielen.

Mira klaubt die Gitarre aus dem Koffer.

- Spiel mir etwas vor.

Er tritt an den Rand der Schlucht.

- Es sind sehr viele Melodien im Bergbach.

Sie gibt ihm die Gitarre.

- Du hast ein fantastisches Gehör. Ich höre nur ein Rauschen.

Huch horcht, spielt eine einfache Melodie.

Ein Leuchten fliegt in ihr Gesicht.

- Das muss ich aufnehmen.

Sie rennt los, bleibt beim Fels stehen.

- Ich bin gleich zurück. Warte hier, ich hole nur mein Smartphone. Wir könnten ein Konzert organisieren.

Dann verschwindet sie hinter dem Felsen.

Huch legt die Gitarre in den Koffer zurück.

Aus großer Höhe stürzt ein geflügelter Drache herab. Er ist libellengrün, und auf seinem Rücken sitzt eine Frau.

- Hallo, ich bin Isabell Till.

Sie trägt ein Stirnband im dunkelbraunen Haar und eine runde Brille.

- Lande.

Der Drache landet auf dem Sträßchen, legt die Flügel an.

Isabell springt von seinem Rücken.

- Du spielst wunderbar Gitarre.

Ein Ruck geht durch Huchs Finger.

- Danke.

Sie streicht eine Haarsträhne aus dem Gesicht.

- Mein Drache möchte mit dir fliegen. Keine Angst! Das Lenken darfst du mir überlassen. Er ist schon glücklich, wenn du dich auf seinen Rücken setzt.

Huch reckt den Kopf empor.

- Ich bin lieber zu Fuß unterwegs.

Isabell nickt aufmunternd.

- Der Drache würde dich eben so gern tragen. Es ist sein Wunsch.

Zögernd klettert Huch auf den Rücken des Drachens.

- Hier lässt sich ganz bequem sitzen.

Der Drache dreht den Kopf.

Isabell setzt sich vor Huch.

- Er mag dich.

Sie stützt sich mit einer Hand auf den Hals des Drachens.

- Flieg!

Der Drachen spreizt die Flügel, schlägt sie flapsig, wie wenn er müde wäre. Trotzdem gewinnt er schnell Höhe, und schon kann Huch das Sträßchen und die Schlucht von oben sehen. Der üppige Wasserfall, der in der Tiefe tost, schrumpft zu einem milchweißen Strich im Felsenwald. Bäume säumen den Bergfluss. Ihre Wipfel sehen von weit oben wie Moospolster aus. Der Drachen legt die Flügel an, saust unter dem Regenbogen durch, der über dem Wasserfall glitzert, breitet die Flügel wieder aus und landet neben einer windschiefen Baracke am Fuß einer Fluh. Die Felswand hat feine graue und erdige Farbtöne.

Nach der Landung schlägt der Drache mit den Flügeln.

Isabell springt ab.

- Er hätte gern die Flügel gebürstet. Aber woher nehmen wir die Bürste?

Ein Mann öffnet die Barackentür.

- Hallo, ich bin Mikael Mill.

Er trägt eine Brille mit blitzenden Gläsern.

- Braucht ihr eine Bürste?

Isabell breitet die Arme aus wie eine Waage der Gerechtigkeit.

- Ja, wir brauchen eine.

Mill verschwindet in der Baracke.

- Ich helfe euch.

Er bringt eine Bürste mit einem langen Stiel.

- Habt ihr euch etwas in der Art vorgestellt?

Sie nimmt ihm die Bürste aus der Hand.

- Ja, sie ist genau richtig.

Seine Augen treten scharf und wachsam aus dem Gesicht hervor.

- Der Stiel ist etwas zu lang. Sie eignet sich nicht zum Schuhputzen.

Isabell gibt Huch die Bürste.

- Wir wollen nicht die Schuhe putzen. Wir bürsten dem Drachen die Flügel.

Mill wendet sich an Huch.

- Fahr einmal mit der Hand über die Bürste. Das sind Rosshaare.

Huch schließt die Augen halb.

- Mit welcher Hand würdest du darüber fahren?

Eine Frau steigt vom Fels herab.

- Hallo, ich bin Maria Gerald.

Sie trägt in den Haaren ein Federbüschel.

- Ich kenne mich aus mit Rosshaar.

Huch reicht ihr die Bürste.

- Ich sehe dir gern zu, wie du mit der Hand darüber streichst.

Maria runzelt die Stirn.

- Offen gestanden, würde ich lieber irgendetwas bürsten.

Isabell lehnt gegen den Drachen.

- Du kannst ihm die Flügel bürsten.

Maria fängt gleich an.

- Davon habe ich immer geträumt.
Der Drache spreizt die Flügel.
Mill eilt in die Baracke.
- Ich habe auch noch einen Besen.
Isabell ruft ihm nach.
- Mein Drache mag keine Besen.
Mill tritt vor die Tür, klemmt den Besen zwischen die Beine.
- Bei mir ist es ganz anders. Ich bin begeistert.
Er fliegt auf dem Besen über die Baracke.
Isabell winkt.
- Darf ich mitfliegen?
Sie setzen sich zu zweit auf den Besen und starten in den enzianblauen Himmel.
Der Drache reckt den Hals.
Maria runzelt unwirsch die Stirn.
- Es stört ihn, dass sie ohne ihn wegfliegen.
Sie legt die Bürste ab.
- Wollen wir ihnen nachfliegen?
Der Drache schüttelt die Flügel.
Maria schwingt sich auf seinen Rücken, dreht den Kopf zu Huch.
- Komm mit!
Seine Augen suchen den Himmel ab.
- Ich möchte etwas die Landschaft erkunden, aber nicht zu viel aufs Mal.
Sie hebt mit dem Drachen ab, ruft.
- He! Wo hast du deine Kindheit verbracht? Im Wald?

Wie eine Beziehung beginnt

Auf einem Waldspaziergang findet Huch einen kleinen Picknickplatz. Ein safrangelbes Taxi steht neben einem Brunnen.
Der Fahrer steigt aus.
- Hallo, ich bin Samy Kemp.
Er hat ein kantiges Gesicht und froschgrüne Haare.
- Hast du einen Moment Zeit?
Huch senkt den Blick.
- Um was geht es?
Kemp packt einen samtroten Teppich aus dem Kofferraum.
- Du bist sehr weit von meinem Taxi entfernt.
Huch weicht zurück.
- Das sind nur ein paar Schritte.
Kemp rollt den Teppich aus.
- Ja, aber entscheidende Schritte. Deshalb rolle ich dir gern einen Teppich aus.
Huch presst die Lippen aufeinander.
- Für wen rollst du ihn aus? Für mich?
Kemp atmet flach durch den Mund.
- Ja, extra für dich.
Huchs Stimme klingt geradezu ein wenig entrüstet.
- Ich brauche doch keinen roten Teppich.
Kemp neigt sich keck seitwärts.
- Schreit einfach darüber. Uns liegt sehr viel daran, dass du zum Taxi kommst.

Zögernd, Schritt für Schritt, geht Huch über den Teppich.

- Ich brauche auch kein Taxi. Ich bin zu Fuß unterwegs.

Kemp stützt sich auf die Motorhaube.

- Schon gut. Ich möchte ja nur, dass du den Kratzer im Lack anschaust.

Huch richtet den Blick auf die Karosserie.

- Er muss sehr klein sein. Ich sehe ihn gar nicht.

Kemp deutet auf den hinteren Kotflügel.

- Hier ist er.

Huch entdeckt einen winzigen Kratzer.

- Ohne deinen Hinweis hätte ich lange suchen müssen.

Eine Frau kurbelt die Scheibe im Fonds hinunter.

- Hallo, ich bin Zoe Wohlfarth.

Sie trägt lange Haare.

- Danke, dass du zu mir gekommen bist. Jetzt kann ich dein Gesicht aus der Nähe anschauen.

Er hebt die Augenbrauen zum Gruß.

- Und ich bin im Moment daran, die Landschaft zu erkunden.

Zoe senkt die großen Augen.

- Darf ich deine Hand ansehen?

Huch zieht die Mundwinkel hoch.

- Welche?

Sie zeigt mit dem ausgestreckten Finger auf eine Hand.

- Die rechte.

Er legt die Hand auf die Fensteröffnung.

- Ich habe keine Ahnung, warum du meine Hand ansehen möchtest.

Zoe winkt Kemp.

- Öffne die Tür.

Er läuft ums Taxi herum.

- Du darfst hier einsteigen.

Huch sieht sich um.

- Wer? Ich?

Kemp öffnet die Tür im Fonds.

- Ja, wenn es dir recht ist.

Huch presst den Mund zu einem Strich zusammen.

- Ich bin lieber zu Fuß unterwegs.

Zoe trommelt gedankenversunken mit den Fingern auf seinen Handteller.

- Mach eine Ausnahme. Setz dich neben mich. Wir fahren nicht weit.

Kemp nickt freundlich.

- Und außerdem: Ich halte sofort an, wenn du etwas genau ansehen möchtest. Ich meine, diese Landschaft ist außergewöhnlich. Man könnte praktisch nach jedem Meter anhalten und irgendetwas bestaunen. Es hört nie auf. Ich verstehe alle, die sagen: Wozu brauche ich ein Auto?

Huch geht ums Taxi herum, setzt sich zu Zoe in den Fonds.

- Ihr habt eure Einladung sehr taktvoll gemacht.

Sie klopft mit den Fingerkuppen auf ihr Bein.

- Ticktack.

Kemp rollt den samtroten Teppich ein.

- Ja, unser Tick ist der Takt. Wir fragen uns immer: Sollen wir taktvoll oder respektlos sein?

Er versorgt ihn im Kofferraum.

- Natürlich entscheiden wir uns für den Takt.

Zoe lächelt von Ohr zu Ohr.

- Fahr los.

Kemp lenkt das Taxi zur Landstraße.

- Ich kümmere mich sehr gut um meine Fahrgäste. Wählt meine Nummer, und ich nehme euren Kummer. – Das ist mein Motto.

Hohe Felsen ziehen am Wagenfenster vorbei. Das Taxi fährt aus der Schlucht heraus, rollt durch ein Tor in eine Gasse. Hoch türmen sich die Häuser der Altstadt.

Ein Mann steht neben einem Zementbecken, hebt die Hand.

- Hallo, ich bin Amadeus Marimba.

Er trägt eine helle Brille.

- Könnt ihr kurz anhalten?

Kemp bremst, stellt den Motor ab.

- Wir können auch lang anhalten.

Marimba blickt in den Fonds.

- Darf ich eure Gesichter ansehen?

Zoe lässt die Scheibe hinunter.

- Befolge meinen Rat.

Seine Augen verengen sich zu Schlitzen.

- Und wie lautet dein Rat, wenn ich fragen darf?

Sie deutet auf Huch.

- Schau zuerst sein Gesicht an.

Marimba bückt sich, späht ins Taxi.

- In der Tat, etwas ist dran an deinem Rat.

Er wendet sich an Huch.
- Wie heißt du?
Huch redet langsam und gedehnt.
- Johann Sebastian Huch.
Marimba zuckt mit den Blicken.
- Du hast ein Gesicht.
Huch schlägt die Beine übereinander.
- Alle Menschen haben ein Gesicht.
Eine Frau kämmt in einem Hauseingang ihr hüft-
langes Haar.
- Hallo, ich bin Teresa Harf.
Sie trägt einen pantherschwarzen Pelz, ruft Ma-
rimba zu.
- Was stehst du mit krummem Rücken und guckst
ins Taxi?
Amadeus richtet sich auf.
- Schau selber. Er hat ein Gesicht.
Teresa schiebt ihn beiseite.
- Lass mich mal sehen.
Sie späht ins Taxi.
- Wie geht es euch?
Zoe lenkt ihren Blick auf Huch.
- Ich glaube, du solltest dich auf sein Gesicht kon-
zentrieren.
Teresa schaut Huch an, bleckt mit den Zähnen.
- Du hast ein Gesicht.
Sie zeigt auf seine Hände.
- Darf ich deine Hände sehen?
Kemp steigt aus, öffnet Huch die Wagentür.
- Möchtest du sitzenbleiben oder aufstehen?
Huch springt aus dem Taxi.

- Ich möchte euch etwas erklären.

Teresa grinst über das ganze Gesicht.

- Schade, habe ich meine Kamera verloren. Du siehst gut aus, wenn du so dastehst und etwas erklären willst.

Sein Blick wandert langsam suchend herum.

- Danke.

Sie eilt zu ihm, tippt auf seine Schultern.

- He, das war ein Kompliment.

Huch lässt den Brustkorb einsinken.

- Ja, das war freundlich, und deshalb habe ich mich auch bedankt.

Teresa kichert verschwörerisch.

- Darf ich jetzt deine Hände anschauen?

Er fährt mit dem Handrücken über die Stirn.

- Nein, lieber nicht. Ihr macht gern ein Theater mit dem Gesicht und mit den Händen. Aber mir liegt das nicht.

Sie reckt sich neugierig, um seine Hand besser sehen zu können.

- Ich hätte gern einen Abdruck von deiner Hand.

Huch hält die Arme eng an den Körper.

- Meinst du so etwas wie einen Fingerabdruck?

Teresa richtet den Blick unbeweglich auf seine Hand.

- Du bist witzig. Nun kommt das Wichtigste.

Sie dreht sich nach Marimba um.

- Ist alles bereit?

Er kauert auf dem Trottoir vor einer viereckigen Vertiefung, die er mit frischem Zement ausgestrichen hat.

- Zement ist nicht alles, aber er ist bereit.

Teresa kehrt ihr Gesicht Huch zu.

- Drück deine Hand ein.

Sie spreizt die Finger.

- So.

Er setzt ein strahlendes Lächeln auf.

- Amadeus ist bereits zur Stelle. Er patscht die Hand in den Zement, und du hast einen Handabdruck.

Teresa zieht den Mund breit.

- Ich möchte aber deinen Handabdruck. Wer möchte das auch?

Sie hebt die Hand.

- Bezeugt es mit Handerheben.

Zoe, Samy und Amadeus strecken die Hand hoch.

Teresa wackelt mit den Hüften.

- Du bist gewählt. Wir wollen deinen Handabdruck.

Huch drückt seine Hand in den Zement.

- Ich verstehe es nicht. Es gibt unzählige Hände auf der Welt.

Nachfragen aus Neugier

Ein leerer, fast kathedralenhaft hoher Raum hat gemustert durchbrochene Wände, die wie ein Fenster zu öffnen sind.
Huch tritt ein, blickt sich um. Am Boden liegt eine Schaufel.
Eine Frau eilt in kleinen Schritten durch den Raum.
- Hallo, ich bin Antonia Hill.
Sie trägt ein saturngelbes Kleid.
- Ich glaube wirklich, dass die Schaufel ein gutes Werkzeug ist.
Huch schaut ihr in Gesicht.
- Sprichst du von dieser Schaufel?
Antonia bückt sich, hebt sie auf.
- Ja genau.
Er verlässt den Raum.
- Dann könnte es sein, dass du sie mitnimmst?
Sie schultert die Schaufel.
- Ja, das habe ich vor.
Miteinander gehen sie durch den lichtgrün flirrenden Tunnel einer Platanenallee.
Ein Mann ist nur schemenhaft hinter einer Plexiglasscheibe zu erkennen.
- Hallo, ich bin Imran Brentano.
Er hält die runde Scheibe wie einen Schutzschild vor seinen Körper.
- Ich bewache einen Schatz.
Antonia spiegelt sich.

- Wo ist er?

Brentano weicht einen Schritt zurück.

- Unter mir im Boden vergraben.

Sie staunt nicht schlecht.

- Dann könnten wir ihn ja ausgraben.

Brentano fährt sich durch die Haare.

- Das ist eine gute Idee.

Er wirft den Schild weg und läuft davon.

- Ich verzichte auf den Abschiedskuss und haue ab, bevor ihr es euch anders überlegt.

Antonia gibt Huch die Schaufel.

- Hier ist Imran gestanden.

Er stützt sich auf die Schaufel.

- Stellst du dir ein gewöhnliches oder ein besonderes Loch vor?

Sie schnippt mit dem Finger.

- Das Loch ist mir doch egal. Ich will nur den Schatz.

Eine Frau schlenkert durch die Allee.

- Hallo, ich bin Fiona Fieder.

Sie trägt ein pinkfarbenes Charleston-Kleid.

- Darf ich schaufeln?

Huch gibt ihr die Schaufel.

- Verbreitern oder verlängern kannst du das Leben nicht. Du kannst es nur vertiefen.

Fiona hebt ein Loch aus.

- Das habe ich auch vor. Das wird ein richtig tiefes Loch.

Antonia späht in die Grube.

- Sei vorsichtig. Wir suchen einen Schatz und möchten ihn unversehrt bergen.

Fiona streicht sich die Fransen aus der Stirn.

- Hab keine Angst. Ich schaufle so vorsichtig, als würde ich mit dem Löffel in einer Porzellantasse rühren.

Die Schaufel klingt hell. Fiona bückt sich.

- Ist das schon der richtige Schatz?

Sie wühlt mit den Händen, gräbt ein steinernes Herz aus. Es hat die Größe ihres Handtellers.

- Das ist das erste Mal, dass ich ein Herz aus Stein sehe. Ich kenne nur Schokoladenherzen.

Antonia neigt den Kopf leicht zur Seite.

- Wer dieses Herz geschenkt bekommt, ist sicher sehr gerührt.

Fiona drückt es Huch in die Hand.

- Bist du gerührt?

Er verlagert sein Gewicht von einem Fuß auf den andern.

- Ja, das ist ein Geschenk, das Herzklopfen macht.

Antonia wiegt sich in den Hüften.

- Wem würdest du das Herz eher schenken: Fiona oder mir?

Huch sucht nach Worten.

- Wir sollten 2 Herzen haben. Dann könnte ich euch beiden eines schenken.

Fiona schnippt andeutungsweise mit den Fingern.

- Das stelle ich mir schön vor. Du übergibst uns die Herzen und sagst etwas.

Er stellt die linke Hüfte aus.

- Was würdet ihr gern hören?

Antonia legt ein Lächeln auf ihre Lippen.

- Etwas, das von Herzen kommt.

Ein Mann schlendert vorüber.

- Hallo, ich bin Josh Natalis.

Er trägt eine Jacke, helle Mütze und ausgetretene Schuhe, wendet sich an Huch.

- Was hast du in der Hand?

Huch zeigt ihm das Steinherz.

- Eines haben wir schon gefunden, bräuchten aber 2.

Natalis mustert das Herz aufmerksam und neugierig.

- Kommt mit mir. Ganz in der Nähe hat es einen Steinladen mit Herzen in allen Größen und Farben.

Er schreitet zügig voran.

- Ich gebe zu, ihr habt ein besonders seltenes Exemplar.

Fiona läuft neben ihm.

- Du meinst, es würde nur ein Herz von dieser Sorte geben?

Natalis kratzt sich vielsagend am Hals.

- Jeder Stein ist einmalig.

Antonia schließt zu ihm auf.

- Das ist schon klar. Wir wären auch mit einem Steinherz zufrieden, das einigermaßen ähnlich aussieht.

Fiona schaut zu Huch zurück.

- He, komm! Du wolltest doch ein zweites Herz.

Huch wandelt mit am Rücken verschränkten Händen.

- Ja, aber ich möchte nicht durch die Welt hetzen, ohne die Bäume zu betrachten.

Antonia ruft.

- Wir laufen schon mal voraus. Denk dir einen schönen Satz aus.

Natalis schiebt das Kinn nach vorn.

- Wozu soll er sich einen Satz ausdenken?

Fiona holt tief Luft.

- Er will uns gleichzeitig die Steinherzen übergeben und etwas sagen.

Natalis kneift die Augen zusammen.

- Ich wüsste sofort, was ich sagen würde.

Antonia wirft ihm einen fragenden Seitenblick zu.

- Was denn?

Er deutet mit leuchtenden Augen nach links und nach rechts.

- Ich liebe euch.

Absätze klappern durch die Allee.

Eine Frau holt Huch ein.

- Hallo, ich bin Pauline Stracke.

Sie trägt ananasgelbe Strümpfe und führt einen Rechen mit.

- Hast du zufällig ein Steinherz in der Hand?

Huch öffnet die Hand.

- Ja, aber es ist mir nicht zugefallen. Fiona hat es mir in die Hand gedrückt.

Pauline lacht hellauf.

- Ich verstehe. Nun fühlst du dich nicht mehr frei und wagst nicht, es loszulassen.

Er zieht die Augenbrauen zusammen.

- Nein, ich möchte es verschenken, weiß nur noch nicht, wem.

Sie biegt in einen kreideweißen Kiesweg ab.

- Steinherzen sind beschwerlich. Ich zeige dir, wie du es viel luftiger und leichter angehen kannst.

Huch tritt leichtfüßig auf den Kiesweg.

- Wohin gehen wir?

Pauline führt ihn auf einen Platz. Die Äste der umstehenden Bäume sind mit Schriftstücken behängt. Zwischen den Stämmen schimmern Blumen in allen Farben.

Sie lächelt mit halboffenen Augen.

- Du bist äußerst gelassen.

Huch lässt den Blick auf ihr ruhen.

- Warum sagst du das?

Pauline gibt ihm den Rechen.

- Nun, das Kies wartet darauf, dass du ein Muster oder eine Zeichnung machst.

Er legt den Rechen ab, schiebt mit beiden Händen Kies zusammen.

- Etwas in der Art?

Sie schaut ihn an, als würde er eine gepuderte Perücke tragen.

- Ist das alles?

Huch steckt das Steinherz auf die Spitze des kleinen Kiesbergs.

- Ich könnte noch das Herz einfügen.

Pauline nimmt den Rechen und zieht ein riesiges Herz um den Berg herum.

- Bestimmt weißt du, was das bedeutet.

Ein Mann läuft von einer Ecke quer über den Platz zur andern.

- Hallo, ich bin Mete Gorostiza.

Er trägt neue Jeans.

- Darf ich sagen, was es bedeutet?

Ein Lächeln legt sich auf ihr Gesicht.

- Ja, sei so gut.

Gorostiza macht eine ausladende Handbewegung.

- So groß ist deine Liebe.

Pauline lehnt zwanglos gegen Huch.

- Und wen liebe ich? Hast du das auch herausgefunden?

Er zeigt auf Huch.

- Du liebst den Mann, der dir das Herz geschenkt hat.

Huch schiebt mit dem Finger einen Kieselstein in seiner Hand umher.

- Danke, das ist wunderbar, so geliebt zu sein.

Aber das Steinherz gehört Antonia oder Fiona.

Gorostiza dringt mit Fragen auf ihn ein.

- Kannst du dich nicht entscheiden? Sollen wir eine Münze aufwerfen? Lose ziehen? Eine Flasche drehen und schauen, auf wen der Hals zeigt?

Huch legt die Finger der rechten Hand zwischen die gespreizten Finger der linken.

- Nein, sie bringen noch ein zweites Herz.

Pauline schnalzt mit der Zunge.

- Und was machst du mit 2 Herzen?

Er wirft die Arme in die Luft.

- Ich gebe sie Fiona und Antonia und sage etwas dazu.

Gorostiza lächelt anzüglich.

- Und was sagst du dazu?

Huch räkelt sich mit halb geschlossenen Augen.

- Gefallen sie euch?

Die Sorgfalt

Steinwälle und hohe Hecken säumen eine enge Landstraße. Huch pflückt Brombeeren, sieht ein von Sträuchern zugewuchertes Haus. Es ist ein runder Glasbau, erinnert entfernt an eine Orangerie. Neben dem Eingang steht eine Prinzessinnenkutsche mit einer goldenen Leiter am Heck. Sie führt aufs Dach, wo ein Aufbau aus Glas schimmert.

Eine Frau öffnet die Tür des verwachsenen Hauses.

- Hallo, ich bin Marta Brooks.

Sie trägt lockiges, langes Haar.

- Ich habe eine große Leinwand.

Huch zuckt leicht die Schultern.

- Hast du eine Art Kino?

Sie legt den Handrücken auf die Hüfte.

- Nein, ich habe die Leinwand auf einen Keilrahmen gespannt. Komm doch rein. Ich zeige sie dir gern.

Er tritt in den Glasbau.

- Ich finde den Raum cool.

Der Keilrahmen befindet sich auf einer riesigen Staffelei.

Marta drückt ihm eine Plastikflasche mit einem Ventil in die Hand.

- Mal etwas.

Huch biegt den Rücken.

- Das kannst du bestimmt besser als ich.

Ein Mann steckt den Kopf zur Tür herein.

- Hallo, ich bin Sean Trumbull.

Er trägt ein T-Shirt und hat eine Fahrradpumpe in der Hand.

- Ist es recht, wenn ich die Flasche aufpumpe?

Marta antwortet mit einem sympathischen Grinsen.

- Ja, fang an. Gibt das Stress?

Trumbull steckt den Pumpenkopf auf das Ventil.

- Nur angenehmen Stress. Ich strenge mich nämlich gern an.

Er pumpt mehrere Stöße in die Flasche.

- Sie bläht sich, als würde sie nächstens platzen.

Huch zieht den Kopf ein.

- Vielleicht möchte jemand von euch die Flasche halten. Ich weiß nicht, wie viel Druck sie aushält.

Marta nimmt den Pumpenkopf vom Ventil.

- Das genügt.

Sie klopft Huch auf die Schulter.

- Und nun, schraub den Deckel ab.

Vorsichtig dreht Huch am Deckel.

- Dir macht es sicher viel mehr Spaß. Willst du es nicht selber machen?

Ihr Lächeln strahlt ihm zahnweiß entgegen.

- Nein, du hast den richtigen Dreh heraus.

Mit einem Knall schießt der Deckel von der Flasche. Die Farbe spritzt einen korallenroten Riesenfleck auf die Leinwand.

Marta hebt die Stimme.

- Du bist ein Künstler.

Huch stellt die Plastikflasche ab.

- Alle Menschen sind Künstler.

Trumbull wirft prüfende Blicke auf den Fleck.

- Ich hätte das nicht gekonnt.

Sie stößt geräuschvoll Luft aus.

- Ich auch nicht, nie im Leben.

Huch schüttelt den Kopf.

- Aber ich habe doch nur den Deckel geöffnet.

Trumbull läuft aus dem Glasbau.

- Wir stellen das Bild aus.

Marta streicht sich über das Kinn.

- Gibt es in der Nähe eine Galerie?

Er hat ein kämpferisches Funkeln in den Augen.

- Ich finde eine, und wenn ich bis ans Ende der Welt laufen müsste.

Huch geht zur Tür.

- Ich sehe mich ein bisschen in der Landschaft um.

Fast wäre er auf der Schwelle mit einer Frau zusammengestoßen.

- Hallo, ich bin Paulina Palma.

Sie hat ein Glas in der Hand.

- Wer hat dieses wunderbare Bild gemalt?

Marta deutet auf Huch.

- Er. Ich habe ihm zugeschaut. Es war eine unvergessliche Erfahrung.

Paulina schenkt ihm ein aufmunterndes Lächeln.

- Was sagst du zu meinem Glas?

Huch weicht einen Schritt zurück.

- Es ist besser, wenn du es hältst.

Sie reißt die Augen auf.

- Wieso?

Er zuckt mit den Mundwinkeln.

- Du hast feine Hände. Es ist bei dir gut aufgehoben.

Paulina balanciert das Glas auf dem Handteller.

- Das sagst du doch nur, weil du es mir nicht abnehmen möchtest.

Sie stellt es auf seine Schulter.

- Aber das ist gar nicht nötig, weil ich es dir schenke.

Huch nimmt es herab.

- Ich weiß nicht, ob das eine gute Idee ist.

Marta ergreift eine bananengelbe Plastikflasche.

- Gläser spielen im Atelier ein wichtige Rolle.

Sie füllt das Glas zur Hälfte mit Farbe.

- Ich kann sie sofort brauchen oder für eine zukünftige Verwendung aufbewahren.

Huch lässt die Schultern hängen.

- Moment! Ich brauche keine Farbe.

Marta gießt Wasser ins Glas.

- Hab ein bisschen Geduld. Wir sind gleich so weit.

Sie rührt mit einem Pinselstil um.

- Du kannst die Farbe dick oder dünn mit Wasser versetzen, ohne dass sie die Leuchtkraft verliert.

Huch stellt das Glas auf die Staffelei.

- Das ist eine besondere Farbe. Vielleicht möchtest du damit etwas malen.

Paulina stolpert in ihn hinein.

- Wir verlieren das Gleichgewicht und gewinnen es gleich wieder zurück.

Huch prallt gegen die Staffelei.

- Vorsicht!

Das Glas kippt. Die bananengelbe Farbe läuft in vielarmigen Strängen in den korallenroten Riesenfleck, vermischt sich, verläuft, rinnt in orangefarbenen, melonengelben und rotgesäumten und geäderten Strängen hinunter wie ein in der Abendsonne funkelnder Wasserfall.

Marta hopst durch den runden Glasbau.

- Das ist das schönste Bild, das ich je gesehen habe. Mach weiter!

Huchs Mund bleibt offen stehen.

- Moment! Ich habe gar nichts gemacht.

Paulina wirft ihm einen mit türkisblauer Farbe gefüllten Ballon entgegen.

- Fang!

Huch versucht, ihn zu fangen. Er hüpft über seine Hand, trifft die Leinwand, platzt. Türkisblaue Spritzer und Einsprengsel überziehen die Leinwand mit verschwimmenden Rändern.

Marta legt den Arm auf Huchs Schulter.

- Du komponierst die Farben sehr sorgfältig.

Paulina klatscht aus Leibeskräften.

- Nichts ist wichtiger als die Sorgfalt.

Ein Pferd wiehert vor dem Glasbau.

Marta legt eine Hand auf die Hüfte.

- Wir könnten dein wunderbares Bild in die Stadt führen.

Ein Mann nähert sich summend und tänzelnd.

- Hallo, ich bin Elias March.

Er hat farngrüne Turnschuhe und dünne Brillengläser.

- Darf ich die Pferde anspannen?

Sie geht zur Prinzessinnenkutsche neben dem Eingang. 4 Schimmel stehen bereit.

- Ja. Soll ich dir helfen?

March spannt die Pferde vor die Kutsche.

- Das ist nicht nötig. Es geht mir leicht von der Hand.

Paulina und Marta tragen das Bild aus dem Glasbau.

March klettert auf die goldene Leiter.

- Wenn ich oben bin, könnt ihr mir das Bild reichen.

Er klappt den Deckel des gläsernen Aufbaus auf dem Dach der Kutsche auf.

- Du hast den Transport sehr gut geplant.

Die Frauen stemmen das Bild hoch.

Marta schließt die Augen.

- Das ist irgendwie wichtig.

March nimmt ihnen das Bild ab.

- Die Stadt ist nur ein paar Schritte von hier. Trotzdem muss so ein wertvolles Kunstwerk gut geschützt sein.

Er legt es in den Aufbau, schließt den Deckel.

- Wenn es euch recht ist, klettere ich direkt zum Kutschenbock rüber.

Marta öffnet die Kutschentür, gibt Huch einen Wink.

- Du darfst als Erster einsteigen. Es ist dein Werk.

Um Huchs Mund deutet sich ein kleines Lächeln an.

- Ich gehe lieber zu Fuß. Bei einer Kutschenfahrt zieht die Landschaft so schnell vorbei, dass ich die einzelnen Bäume gar nicht anschauen kann.

Paulina hüpft in die Kutsche.

- Ich fahre gern.

Marta setzt sich neben sie, schließt die Tür und streckt den Kopf aus dem Fenster.

- Nimm den kürzesten Weg.

Er atmet mit einem tiefen und kräftigen Zug den Brustkorb empor.

- Ich habe Umwege auch gern. Wenn ich zum Beispiel einen Wasserfall höre, gehe ich ihn gern anschauen.

March ruft vom Kutschenbock.

- Fahren wir?

Marta zieht eine Schulter hoch.

- Von mir aus.

Die Pferde scharren mit den Hufen. Dann traben sie los.

Huch lauscht hingerissen, wie das Trappeln verklingt.

Eine Frau nähert sich mit ausgreifenden Eisläuferschritten.

- Hallo, ich bin Amy Pin.

Sie trägt eine winzige Feder auf dem Kopf.

- Mitunter malt man sorglos ein Bild, das später Sorge bereitet.

Ein spitzbübisches Lächeln umspielt seine Lippen.

- Das mag sein. Marta und Paulina haben jedoch alles mit großer Sorgfalt gemacht.